웃기지 않아서 웃지 않음

KB207812

웃기지 않아서

선우은실
생활비평
산문집

웃지 않음

읻다

표면에 대한 이야기

이 책은 아주 약간 불편하게 디자인되었다.

∎

에세이의 원고는 아주 오랫동안 작성되었다.

이 책에 수록된 원고를 쓰는 시간 동안 나는 내가 가진(나를 둘러싼) 거의 모든 것에 화가 나 있었다. 평론을 쓸 때와는 다르게 나 자신을 완전히 놓아버려야만 비로소 이야기를 시작할 수 있었기 때문에 쓰이지 않은 글 앞에 오래 앉아 있었다. 나는 나 자신을 어딘가에 갖다 버리거나 완전히 소각하고 싶었다. 그런 기분이 들 때마다 약속된 글을 써야만 한다는 구속이 나를 갖다 버리지 않게 만들었다.

마감을 지키기 위해 일단 써서 넘겼지만 '지금 이 시기'가 지나고 나면 완전히 버리겠다고 생각하면서 (악다구니를) 쓴 글이 한두 편이 아니다. 그러나 어떤 '착오' 때문인지는 몰라도 과거의 나는 현재의 나보다 늘 나았다. 두려워했던 것보다 들춰보기에 괜찮은 기록이었다. 미래가 아닌 과거가 되기 위해 존재할 것이며 그러기 위해서 아주 조금만 더 잘 살 것이다.

폐기하려던 글들은 전부 책에 실려 있다.

□

'화'라는 것은 2차 감정이라고 한다.

반드시 '화'라는 것으로 덮어씌워야만 하는 어떤 감정을 감추고 있다고 한다.

나는   에 배신당했다고 여겼다. 분해했고, 분노했고, 참담해했으며, 슬퍼하다가 마침내 아주 실망했다.

실망을 감추기 위해서 나는 화를 냈던 걸까?

표면의 이면에 무엇이 있는지 분석하지 않을 것이다. 우리는 누구나 화를 내니까 나의 화냄을 통해 들키고 마는 것은 나의 실망이 아니라 당신의   일 것이다.

■

이면을 보는 것이 비평의 일이라고 생각했다. 최근에 읽은 문학 이론서에서는 징후라는 게, 이면이라는 게, 결국은 '표면'을 읽는 일이라고 했다. 나는 완전히 착각하고 있었는지도 모른다. 하지만 나의 글 또한 나의 착각에 대한 착오로 쓰였다.

□

여전히 나를 화나게 하는 것에 대해 생각한다. 나는 아주 메마르고 건조하며 고갈되어 있다. 합본된 원고를 다시 읽으면서 어떤 날의 감정이 아직 과거가 되지 않았음을 느꼈다. 내게 살아간다는 것은 더는 '앎'만의 문제는 아니다. '느낌'을 피치 못하게 되었다.

나는 계속 나쁘다. 그런 중에 가끔씩 괜찮았고 앞으로도 그럴 것이다.

그들에게 감사한다.

■

나와 다른 사람인 상태를 인간은 결코 이해하지 못한다. 우리는 오직 타인의 얼굴을 헤집어 발견한 자기 자신에 대해서만 이해할 수 있다. 자신의 세계를, 시계視界를 넓혀야 하는 것은 이런 까닭이다.

□

그러므로 세상의 모든 나에게.

서문

되묻기

오늘의 표정

글쓰기 생활자의 작업복

장미이불과 담뱃갑

어렸을 때 아빠의 가족들을 대체로 무서워했고 머리가 크면서는 미워했다. 나는 자라서 아빠가 되지 않을 거고, 뭔가가 되어야 한다면 엄마에 가까운 사람이 될 텐데(엄마 나이의 여성이 되거나, 아무튼 내가 '엄마'로 알고 있는 사람과 가까운 존재가 될 거라고 생각했다), 그들은 보통 엄마 듣기에 '좋지 않은' 말을 많이 하는 사람들이었다. 내가 미워하지 않았던 아빠 쪽 사람은 오직 할아버지 뿐이다. 그는 내가 대여섯 살이었을 즈음 병사했기 때문에 기억이 미화되었을 수도 있다. 만약 그런 부분이 있다고 해도 어린이의 '순수한 시선'이라는 게 결코 세상을 '예쁘게' 보는 걸 의미하는 게 아니라 '날것'으로 보는 것을 의미한다고 믿는 나로서는, 그가 어린이의 깐깐한 시선을 통과한 무섭고도 좋아할 만한 어른이었다고 두 번 강조할 수 있다.

수원에 가면(당시 조모부는 수원에 살았다) 할아버지는 검은 바탕에 커다란 붉은 장미가 무늬로 박혀 있는 쿠션 같은 것에 기대어 있었다. 쿠션이라고 하기에 그것은 좌식 소파 정도의 크기였고, 내게는 푹신푹신하고 커다란 이불처럼 보여서 나는 그것을 대충 장미이불이라고 불렀다.

할아버지는 한쪽 눈이 약간 가운데로 몰려 있고 삐쩍 말랐으며 언제나 장미이불과 함께 있었다. 내 기억 속에서 그는 걷거나 제대로 앉아 있었던 적이 없고 늘 비스듬히 장미이불에 누워 있거나 기대어 앉아 있었다, 고 쓰면 지나치게 병약해 보이는 묘사일까? 실제로 그는 아픈 사람이었다. 그리고 집에서 가장 무서운 사람이었다. 며느리에게 못된 말을 하지 않으면 입에 가시라도 돋는 것 같은 할머니도 할아버지에게는 못된 소리를 하지 않았고, 집에서는 소리를 버럭버럭 지르곤 하는 아빠도 자기의 아빠에게는 그러지 못했다. 고모도, 삼촌도 모두 마찬가지였다.

할아버지에게 흰소리를 할 수 있는 사람은 엄마뿐이었다. 엄마는 별로 긴장한 것 같지도 않았다. 할아버지에게 반존대를 섞어가며 "압님(아버님을 늘 대충 발음했고 어머님도 '엄님'이라고 말했다) 그래도 드셔야지" 같은 말을 했을 엄마는, 생각해 보면 지금 내 나이와 별 차이가 안 나는 젊은 여성이었다. 나와 동생도 할아버지를 무서워하지 않았다. 나는 그를 아주 멋있는 사람이라고 생각했는데, 삐쩍 말라 있으면서도 모두가 그를 무서워한다는 사실 때문에 그랬다. 그 사실이 나를 기세등등하게 했다. 그는 나에게 화내거나 나를 혼낸 적이 없고 나에게 쩔쩔매기까지 했다. 특히 담뱃갑 용돈을 줄 때 그랬다.

그는 나와 동생에게 100원짜리나 500원짜리를 채운 THIS 담뱃갑을 용돈으로 줬다. 우리가 찾아가는 날에는 어김없이 그랬다. 나는 할아버지를 보자마자 인사도 하지 않고 외쳤다. "할아버지! 내 거는?" 어떤 날은 절반만 채워져 있었고 어떤 때는 가득 채워져 있었다. 나는 돈의 액수와는 상관없이 동전이 좀 덜 들어 있다 싶으면 그의 무릎에 앉아서 떼를 썼다. "할아버지, 왜 나는 조금 줘? 왜 나는 절반만 줘? 나도 가득 채운 거 주란 말이야!" 그는 허허 웃었고 가족들은 그런 내가 좀 버르장머리 없다고(이 표현은 특히 아빠의 원가족이 악독한 악센트를 줘가며 읊조렸던 표현이다. 나는 아직도 이 말을 싫어하고, 그래서 종종 너무 싫은 상황에서 이 표현을 떠올리곤 하는데 그러면 또 그런 내가 싫어진다) 생각한 모양이지만 그가 화내지 않았으므로 아무도 나를 감히 나무랄 수 없었다. 어쩌면 나는 집안의 폭군인 그가 나에게만큼은 너그러웠기 때문에 그와 있을 때만큼은 아이처럼 굴 수 있었다.

　나는 그의 '스타일' 또한 좋아했다. 그는 지금으로 치면 마치 손에 왁스를 묻혀 휙휙 뒤로 쓸어 넘긴 것 같은, 자연스럽고도 멋진 은발로 나를 맞았다. 또 옷을 함부로 입고 손님을 맞은 적이 없다. 이 부분은 아마 왜곡된 기억일 수도 있다. 왜냐하면 그는 이미 병이 깊어서 거동이 어려운 상태였기 때문이다. 그런 병세의 환자가 러닝 차림으로 객을 맞았어도 전혀 이상하지 않은데……. 나는 그가 늘 단정한 치장으로 나를 맞았다고 기억한다. 한편 이 기억은 정말로 옳을 수도 있는데 그건 할아버지의 아들인 아빠의 평소 복식 때문이다. 아빠는 집에서 맨몸으로 다닌 적이 한 번도 없다(그래서 아빠나 남성 가족이 집에서 거의 벗고 다닌다는 친구들의 이야기를 들었을 때 말도 안 되는 소리라고 생각했다. 그 사람들이 부끄러운 줄도 모르고 왜 그러겠어?). 그건 아무래도 남들 앞에서 갖춰 입지 않는 걸 싫어하는 할아버지의 교육 방침 때문이 아니었을까 싶다.

　내가 그를 좋아하고 아주 멋진 사람이라고 생각했던 것은, 그가 보잘것없이 병들어 가고 있었음에도 손녀 앞에서 옷을 갖춰 입고 채신을 지킬 줄 아는 사람이었기 때문에, 또 아이로니컬하게도 그가 한 집안의 서슬 퍼런 가부장이었고 그런 사람이 손녀의 말도 안 되는 어리광을 받아줬기 때문이었다. 그에게 느낀 '멋짐'은 그처럼

'되고 싶다'는 아니었지만 그를 좋아할 수 있게 했다. 그 시절 담뱃갑을 들고 떼를 쓰는 어린 나는 어른의 눈치를 보지 않고 가장 나다울 수 있었다.

　나중에 엄마로부터 전해 듣기로 그가 젊은 시절 가족에게 행사한 폭력은 내가 살면서 상상해 본 적도 없는 수준이었다. 가족들에게 그는 엄청나게 두려우면서도 트라우마틱한 존재였다. 그런 그가 어째서 손녀에게만큼은 너그러웠는지 의문이다. 그가 휘두른 가부장 폭력이 잘못되었다는 것을 배우고 외치는 사람이 된 나지만, 그를 좋아하는 마음을 물리고 싶지 않고, 그래서 그를 생각하면 마음이 조금 복잡해진다. 그러나 그가 미워지거나 싫어지지는 않는다고 확신하고, 그런 내가 잘못됐다고 생각하지 않는다. 나는 그를 통해 다른 사람을 응징하고 싶은 마음을 키워가지는 않았기 때문이다.

웃기지 않아서 웃지 않음

10대 무렵 시트콤과 개그 프로그램을 보며 나는 단련됐다. 주중에는 매일 저녁 시트콤을 보고 주말이면 개그 프로그램을 봤다. 즐거웠냐고? 아마도 그랬을 테지만, 사실은 웃음을 훈련하기 위해 본 것이나 다름없었다. 시트콤이 한창 인기였을 2000년대 초에 나는 열 살 언저리의 아이였을 뿐이고, 시트콤이나 개그 프로가 보여주는 어른들 세계의 사정이 크게 와닿지는 않았다. 시트콤을 보면서도 소리치는 가부장 캐릭터가 나오면 기분이 나빠졌다. 어떤 개그 프로는 하나도 웃기지 않았다. 여자를 바보 만드는 개그들. 못생겼다든지 뚱뚱하다든지, 그래서 심한 말을 들어도 싸다는 식의. 바보 같은 남자 어른 캐릭

18

터가 호통치는 모습에는 사람들의 깔깔대는 웃음소리가 덧입혀져 있었고, 여자 개그맨의 외모를 개그 소재로 삼는 무례한 말들이 오디오로 흘러나오는 동안에는 방청객의 웃는 얼굴이 카메라에 잡혔다. 이건 웃긴 건가 웃기지 않은 건가. 고민하는 동안 나는 일단 웃었다.

웃음이란 얼마나 많은 것을 가르치는지. 작품 활동을 시작한 지 얼마 안 되었을 때는 간간이 여러 회합의 장에 출입하곤 했다. '문단_내_성폭력' 해시태그가 크게 물결을 탄 이후에 작품 활동을 시작했기 때문에, 나로서는, 문학평론가가 된 이전(이전에도 이후에도 문단 생활에 그다지 관심이 없었다)이나 이후에나 삶에서 마주치는 이들의 범주가 크게 달라지지는 않았다. 동종 업계 사람들과 마주칠 일이 있었다고 한다면 세월호 참사를 추모하며 매달 낭독회를 여는 '304낭독회'와 이후의 소소한 뒤풀이 자리라든가, 시상식 등을 겸한 출판사의 연말 행사 정도였을 것이다. 어떤 자리에는 결코 웃기지도 않은 얘기를 웃긴 소리랍시고 하는 사람이 있었고, 어떤 자리에는 웃기지 않은 것에 웃지 않는 사람이 있었다. 웃음에는 여러 가지 종류가 있었다.

시대가 어느 시댄데 빈정거리며 '여자가 공부를 하다니 참 좋아졌다' 같은 말 따위를 면전에 대고 하던 늙은 남자는, 그 말을 듣고 있는 이들의 선생이 자신이라는 사실을 아주 잊어버린 것처럼 굴었다. 그런 자리에서 누군가는 웃어야만 하는데, 보통은 그의 영향력이 향후에도 미칠 사람들, 그러니까 학생들이 그랬다. 하지만 그때는 아무도 웃지 않았고 나도 웃지 않았다. 한 외국인 학생이 "그래요? 요즘엔 예쁘고 공부 잘하면 어디서나 좋아할 것 같은데요. 중국 사람들은 좋아할 거예요"라며 '악의 없이' 응대하고 나서야 슬며시 웃음이 삐져나왔다. '네, 선생님 그렇대요. 제가 공부를 '잘' '한다'는 사실이 비웃기는 시대가 아니래요.' 모두 웃었고 한 사람만 웃지 않았다.

낯선 사람을 만날 때 여러 형태의 방어기제로 가장 흔하게 사용되는 것은 어쩌면 '웃음'일지도 모른다. 박상영의 소설 〈재희〉에서 화자 '영'은 자기의 웃음 속에서 박탈감을 마주한다. '영'은 사람들이 자신이 게이라는 사실을 모르는 채 무심코 성소수자를 혐오하는 말을 했을 때나 아니면 자신에게 노골적으로 무례하게 굴었을 때 크게 웃음을 터뜨린다. 그는 화를 내야 할 상황에 웃어버리는 자신의 버릇을 보고 당황한다. 하나도 웃기지 않은 상황인데, 그것을 웃어넘기는 까닭은 무엇일까. 자신이 그런 말과 태도에 공격받고 상처받았다는 사실을 조금이라도 가볍게 하기 위함은 아닐까. 어쩜 그렇게 모욕적인 말을 잘도 하다니, 우습기도 하지, 하하하, 하하하하. 그런 말을 '우스운 것'으로 만들어버리고 나면 한결 간결해지는 '사실'도 있을 것이다. 하지만 나는 '영'이 무언가를 '우스운 것'으로 만들기 이전에 자신이 그 말에 상처받았다는 사실을 웃음으로 누르고 있음에 마음이 아팠다. 사람들은 별것 아닌 말, 무례한 말, 조심스럽지 못한 말, 상스러운 말에 상처받는다. 그건 그 말에 얼마나 공격성이 담겨 있는지 따위의 기준이 없어도 충분히 악의가 느껴지기 때문이다. 상대의 의도와 무관하게 상심한 자신을 제대로 지켜볼 수 있는 건 자신뿐이니까. 나는 종내 '우스꽝스러운 말'이란 결론에 도달하기까지 내 마음을 오랫동안 지켜보아야 한다.

하나도 웃기지 않은데 누군가 웃고 있다면, 그는 보통 불리한 입장에 있는 사람이다. 충분히 크게 화내도 되는데 대신 돌려 말하고 있거나 웃으며 말하는 사람이 있다면, 그 상황에서 위계적으로 낮은 위치에 놓인 사람 또한 바로 그 웃는 사람이다. 물론 정중함의 문제라든지 어떤 말을 어떤 태도로 하느냐는 문제는 별개의 것이기는 하다. 이를테면 "당신이 그런 식으로 말하는 게 나의 의사를 무시하는 것 같아서 화가 납니다"라는 말을 꼭 "정말 사람 돌게 만드시네요. 왜 그러세요?"라고 하지 않아도 되니까. 하지만 말을 가려서 하고 말고 할 것도 없는 일에 더더욱 신중하게 말을 골라야 하거나 웃기기는커녕 아연실색하게 되는 상황에서 웃음을 유도해야 하는 사람은, 더더욱이나 피권력자일 확률이 높다. 피권력자는 웃고, 권력자는 웃지 않는 피권력자를 불편해한다.

일전에 친목을 도모하는 어떤 자리에서 잘 알기도 하고 잘 모르기도 한 사람들과 한 테이블에 앉은 적이 있었다. 그때 K 선배는 모두가 하하 웃을 때 웃지 않고 맥주를 한 입 마셨다. K 선배는 "그게 뭐가 웃긴 거야?"라고 물었는데, 그 당시에 나누던 이야기가 그다지 별스럽지 않았기 때문에 일종의 사회성을 발휘한다고 생각하며 하하 같이 웃었던 나는 웃지 않아도 된다는 걸 갑자기 느꼈다. 웃기지 않으면 웃지 않아도 되는구나. 웃기지 않는데 모두가 웃고 있다면 어떤 점이 웃긴 거냐고 물어보면 되는구나. 웃는 일에 피로감을 느낄 때면 나는 종종 K 선배의 모습과 그 말을 떠올린다. 모두가 웃고 있어도 하나도 웃기지 않으면 웃지 않는 모습에는 꽤 큰 용기가 필요했다.

최근 상담을 통해 내가 꽤 많은 부분을 타인에게 맞춰주는 사람이라는 걸 알았다. 표현을 다듬는다든가, 상대는 의도하거나 의식하지 않았을지라도 내게 다소 무례하게 느껴질 법한 일들을 인지하되 문제 삼지 않고 이해하고 넘어가려고 했던 것이라든지. 어쩌면 냉정하게 들렸을지 몰라도 용건을 정확하게 전달하려던 내 행동이 지금은 다르게 반추된다. 많이 웃는 편이 아닌 나조차도, 제법 많은 상황에서 배려의 웃음을 지어야 했고, 어떤 배려는 상대가 요구하기 이전에 이루어졌다. 그러한 상황이 지속되면 '웃지 않음'은 단순히 '웃고 있지 않음'이 아니라 '불쾌감'으로 해석되곤 했다. 스스로 좋아서 했던 노력의 일환이었지만 '일종의 웃음'을 지었던 나의 태도는 내가 웃음을 거둘 줄 아는 사람이라는 것을 드러냈을 때 더는 호의적으로 해석되지 않았다. 그래서 나는 더 웃지 않아도 되었다.

웃기지 않은 일에 대해 웃지 않아도 된다는 것은 어릴 적 웃기지 않은 시트콤의 한 장면을 보면서, 웃기지 않은 개그에 거짓 웃음을 지으면서 훈련된 것일지도 모른다. 타인이 타인에게 함부로 건네는 말이 내 이야기처럼 느껴지면 웃을 수가 없다. 설령 우습다고 할지라도, 때때로 어떤 것에는 웃어서는 안 된다는 사실을 제대로 생각하지 않으면, 내 자신이 부적절한 웃음을 유발하는 사람이 되고 만다. 웃지 않는 사람은 자신이 웃지 않는 사람이라는 걸 알게 되지만, 부적절한 웃음에 도취되어 있는 사람은 자신이 웃고 있다는 사실을 알지 못한다. 그건 내게 끔찍한 웃음에 대한 경고가 된다.

가족 시트콤 연대기

2000년대는 시트콤의 시대였다. 유머러스한 드라마라는 점에서, 정념을 마구 쏟아내는 연속극의 긴장감이 없었기에 나는 시트콤을 유달리 좋아했다. 어른들의 사정 따위 잘 알지도 못하는 초등학생 시절부터 고등학생이 되기까지, 어지간한 시트콤은 모두 챙겨 봤다. 방학을 맞아 속초 할머니 댁에 갔을 때도 내가 시트콤을 봐야 한다고 우기는 통에, 연속극을 보겠다는 할머니와 한바탕 리모컨 쟁탈전을 벌이기도 했다.

유년은 잘 생각나지 않고 청소년 시기는 불행했다. 기질적으로 예민했고 돌봄은 충분치 못했으며 여러모로 애쓰기는 했지만 긍정적인 관계 형성의 사례는 적었고 가까운 사이에서 의사를 존중받는 경험도 많지 않았다 (고 느낀다). 1990년대(그리고 2000년대 초)까지도 제법 야만의 시기였기에 나는 꽤 혹독하게 성장했다. 도시화에 따른 핵가족화는 일찌감치 새로운 삶의 영역에서 재현되기 시작했다. 그것은 '교과서'에 등장할 정도로 정착된 생활 양식이었으나 그러한 가족 형태의 주 구성원은 가부장주의와 집단주의적인 가족주의의 위계 속에서 성장한 어른이었다. 시대가 바뀌었고 '가족'의 의미 또한 조금은 달라졌지만 그들도 좋은 부모란 무엇인지 알지 못했다. 다만 아동과 청소년을 위한 전집들이 쏟아져 나오고 학원이나 과외가 흥했으며 아이의 정서 발달을 위한 음악과 미술 교육이 일반화되었기 때문에 그런 것을 해주려고 했다. 그것이 그들의 노력이었고, 때로 자신의 유년기와 비교하여 부모로부터 맞고 자라지 않으면 다행이라 읊조리면서 부모로서 최선을 다했다고 믿곤 했다. 그래서 책을 사주고, 학원을 보내고, 피아노를 가르치는 동시에 호통치고 의견을 존중하지 않았으며 행동을 통제했다. 유·청소년기 지능과 정서 발달을 위해 도모되었던 노력과, 억압적 형태로 잔존했던 가부장성이 공존했다. 과연 어느 쪽이 승리했을까?

교육의 기회는 젠더에 따라 차등하게 적용되었다. 하지만 그랬거나 어쨌거나 저마다의 삶에 순응했으며 가정을 꾸리고 직장 생활을 하고 재산을 모으고 집을 살 수 있었던 어른들은 여전히 개천에서 용이 날 수 있다고 믿었다(믿어야만 했다. 그들이 그러한 신념의 수행자였기 때문에). 조기교육이 중요하고, 아동 청소년 전문 서적과 전집이 유행하고, 책을 많이 읽는 아이가 공부를 잘한다는 믿음을 모두가 믿고 실천했으며(하지만 부모들은 읽지 않았다. 돈을 버느라 바빴고 같이 시간을 보내지 못하는 것을 그들이 사준 책으로 자녀가 혼자 시간을 보내며 해결하길 바랐다) 더 많은 책을 읽고 누구보다 '경쟁력' 있는 사람으로 성장시키기 위해 속독을 훈련시키고 대대적으로 아이큐 테스트를 했으며 외고 입시를 준비시켰다. 학원이나 학교에서 SKY반이 건재했고 학업 성적순으로 학생 간 계급을 나누는 데 교육자들은 열과 성을 다했다. 사교육 없이 공부를 잘하면 칭송받고 욕먹었으며, 사교육을 통해 공부를 잘하면 욕먹고 칭송받았다.

그런 속에서 여자애들은 바느질을 잘해야 했고 남자애들은 톱질 정도는 할 줄 알아야 했기에 '기술과 가정'을 가르쳤다. 나는 내게 바느질이나 뜨개질에 소질이 없음을 깨달았고, 지금 와선 기술이나 좀 열심히 배워뒀으면 좋았겠다고 생각한다. 그러나 당시 중년의 여성이었던 가정 선생님이 매를 들고 와서 삼첩반상이 어쩌고 여자애가 저쩌고 시집가면 잘 살겠다는 소리 같은 걸 하면서 여성 혐오와 편애를 일삼는 것 못지않게, 기술 선생님

가운데서도, 콘센트에 젓가락을 찔러 넣어봤다고 심상하게 이야기하면서 중학생의 머리를 출석부로 후려치는 젊은 남자 선생이 있어서, 그가 하는 이야기는 (설령 수업 내용이었다 하더라도) 별로 귀담아듣고 싶지 않았다. 그런 탓에서인지 결국 '기술'도 '가정'도 배워보려고 노력은 했는데 영 못된 것만 보고 들었다.

　　개인의 자율성과 자유로움이 존중받아야 한다는 메시지가 팽배했던 2000년대는, 비록 '청소년의 연애와 신체 접촉'이라는 주제가 국어 수업 시간의 토론 주제로 오르던 다소 보수적인 시기이긴 했지만, 그런 입장이 '보수적'이라 느낄 만큼 학생들 사이에서는 비교적 자유로움이 추구되었던 때였다. 다만, '어른'이 공존하는 사회에서 여자애는 조신해야 했고 남자애의 기를 죽여서는 안 됐다. 대놓고 말하진 않았어도, 은연중에 요구했다. 잘난 여자애는 되바라졌다고 어른들로부터 욕을 먹곤 했으나, 정작 또래 사이에서는 기세등등한 사람으로서 좀 특이하고 제법 사교적으로 비치기도 했다. 공부를 잘해서 좋은 대학을 가는 게 최고의 (유일한) 성과가 된다는 믿음하에 능력주의에 대한 선망이 팽배해진 것 같았지만 그것마저 평등하지는 않았다. 능력주의를 맹신하는 '것처럼' 보이는 와중에 여자아이는 고학력에 좋은 스펙을 가지고도 결혼을 하고 출산을 당연히 해야 한다고 생각했으며, 심지어 그마저도 너무 늦게 하는 건 '여성의 또 다른 능력 부족'이라는 말을 들으며 컸다. 능력이 있으나 없으나 돈 많은 남편을 만나서 경력 단절을 겪고 집안일을 하는 것도 꽤 좋은 삶이라는 식의 말들을 했다.

여자고 남자고, 기혼 여성이고 기혼 남성이고, 비혼 여성이고 비혼 남성이고 주위의 어른들은 그런 말을 주워섬겼다. 여자아이의 삶은 오직 그것만을 위해 존재한다는 듯. 그런 말은 뭐가 됐든 듣기 싫었지만 저항하는 일이 쉽지는 않았다. 싫다는 티를 내는 것만으로도 족하지 않았다. TV를 보면서 삼촌 물 좀 떠다 주라는 말에 '삼촌이 떠다 먹으라'고 말해서 애가 싹수없다고 엄마가 대신 욕을 먹어야 했다. 그들이 요구하는 대로 살고 있지 않음에도 불구하고, 내부적으로 규율화된 말들과 씨름해야 했고, 내가 잘못하면 부모가, 정확히는 엄마가 욕먹었다. (엄마는 친척들의 말을 전달하지 않았고 나를 교정하지도 않았다. 그렇지만 되도록 그들이 거슬릴 만한 일이 없게 하고 싶어 했다.) 여자아이는 그런 말들로부터 자유롭지 않았다.

2010년이 지나고 2020년이 찾아와도 우스운 상황은 계속된다. 많은 사람들이 젠더 평등을 외치고 그러한 문제의식 속에서 더 나은 공동체적 삶을 추구해 나가고 개별성을 존중하자고 말하는 와중에도, 이런 '이론'을 에둘러 자기가 얼마나 좋은 사람인지 인증하기에 바쁜 사람이 있는가 하면, '쉽지 않은 여자아이'의 일생을 먼저 거쳐온 사람들조차 자신들에게 웃어주지 않는 여자 어른을 좋아하지 않았다. 능력주의는 고분고분하지 않은 여성을 여러모로 후려치기 좋았는데, 기성세대가 같은 것을 경험하고 목격해 왔으면서도 그랬다. 시대가 변했으며 적어도 '내 자식'만은, '내 후배'만은 그러지 않아야 한다고 믿는 자들조차도 무심코 그렇게 굴었다('무심코'라는 말이 얼마나 무심한지!). 결혼이 전부가 아니라고 하면서도 결혼하기를 바랐고, 여성이 조금 더 기회를 가져야 한다고 말하면서도 남성에게 먼저 기회가 주어졌다. (나는 언제나 '그런 말'과 '그런 행동'을 실천하는 어른들의 삶이 좀 더 나아지기를 바랄 뿐이다.)

여전하기도 하고 조금은 달라지기도 한 이 시점에서 보면 1990~2000년대 초의 이상하고 야만적인 시대감각 위에서 벌어지는 '일상의 희화화' 즉 시트콤이 보여주는 삶이란 지금에 와서야 웃을 수 있는 것이었다. 가부장의 체면을 살리는 것이 전부인 것처럼 굴면서 늘 소리치고 권위를 세워달라고 외치는 자의 모습에서 보이는 허망함, 그것에 마냥 맞춰주는 것 같으면서도 흰소리에 굴하지 않고 오히려 놀려먹는 자의 담대함, 공부를 못하고 건강하고 발랄한 것만이 전부인 남자 형제, 능력 있는 맏딸, 구성원 모두가 직장인인데도 밥상은 반드시 여자가 차리며 앉아서 숟가락만 얹어 밥 먹고 설거지조차 생색내며 하는 남자 구성원들, 처가 될 집안 식구들에게 잘 보이기 위해 온갖 잡일은 전부 도맡아 하면서도 밥 차리고 밥 치우는 일에는 절대적 열외를 지키는 예비 식구. 24년 만에 다시 보는 〈웬만해선 그들을 막을 수 없다〉에서 발견한 모습들이다.

요즘 나는 〈웬그막〉을 보는 데 푹 빠져 있다. 매우 뛰어난 능력의 여성(아마 그 능력치는 여성 가족 구성원으로부터 대대로 물려받았을 것으로 추측되는데, 그들의 어머니는 '평범한 가정주부' 같아 보이지만 영리하고 재치 있고 다만 직장을 다니지 않을 따름이며, 그들의 아버지는 소방공무원인데 매번 형제와 가족들에게 놀림받고 혼나는 모습만 보여준다. 이런 구도는 사실 널리고 널렸다. 미국 애니메이션 〈심슨 가족〉만 봐도 그렇다. 그냥 아무 미국 영화를 봐도 '심슨'이 결코 과장된 게 아니라는 사실이 가장 충격적인 점이다……. 매체가 만들어낸 멋진 가부장의 모습에 설득돼 보려고 해도, 똑똑한 여자를 집에서 밥상을 차리게 만들면서 총체적으로 망해가는 길을 택하는, 그런데 그 이유가 자신의 위신을 세우는 것 이외에 별다른 것이 없는 사람을 보고 그런 믿음을 지속하는 건 정말이지 어렵다)과 그저 그런 남성이 만나서 한 가족을 이루면서, 능력 있는 여성이 돈도 벌고 밥도 해 먹이는 이야기라고 할 수 있겠는데, 또 다른 관점에서 보면 가부장제의 희극적 재현이라고도 할 수 있다.

'노주현' 일가를 중심으로 벌어지는 여러 사건 사고를 다룬 이 시트콤은 가부장성의 미래를 예고한다. 노주현 일가는 아버지 노구의 집에서 산다. 홀아버지 노구와, 노구의 장남 노주현과 그의 아내 박정수, 그리고 자녀인 노윤영, 노영삼, 노인삼까지 삼대가 한집 식구다. 노구는 꼬장꼬장한 노인네로 지극히 저 시대 아버지상의 화신이다. 그는 소싯적에 집 나간 큰집 형을 대신해 그 집 양아들로 들어가 온갖 뒤치다꺼리를 다 했으나 백부 초상을 치르는 시점에 느닷없이 큰집 형이 돌아오는 바람에 돈 한 푼 물려받지 못한, 나름대로 기구한 팔자의 주인공이다. 그러나 집이 그럭저럭 산 덕분에, 있는 재산으로 자식까지 먹여 살리며 살아왔다. 그는 일찍이 아내를 여의고 현재 노주현 일가와 한집에 살면서 집안의 대장 아닌 대장 노릇을 한다. 아들과 손녀, 손자는 물론이고 밥 먹듯 며느리를 구박하며 친구 이 영감네 며느리와 비교하기를 서슴지 않는다. 미역국을 차리라고 했더니 말을 듣네 안 듣네, 콜라를 주네 안 주네, 용돈을 주네 안 주네, 고분고분하게 말을 듣네 안 듣네 타령을 하며 호통치고 고집부린다. 성인 남성이 늘그막이 다 되도록 자기 손으로 밥 한 끼 차려 먹지는 못할망정 자녀뻘 남의 집 자식에게 이 밥 내놔라 저 밥 내놔라 하는 게 그저 우스울 노릇이지만, 이 시트콤이 방영됐을 당시의 나는 노구의 호통 소리를 정말이지 진저리 치게 싫어했다. 아무리 우스꽝스러우면 뭐 해, 왜 이렇게 소리를 치면서 말해? 짜증 나. 그냥 밥 차려주지 마!

지금은 어떻느냐 하면, 여전히 소리를 빽빽 지르는 노구가 시끄러워 죽겠는 건 마찬가지인데, 집안 꼴이 돌아가는 모양새를 보고 있자면 뒤집어지게 웃을 수밖에 없다. 미역국을 차려주다 못해 온 집 안에 미역을 넣어 질리도록 미역국을 해 먹이겠다는 며느리, 콜라를 안 준다고 면전에다 욕을 해대는 시아버지에게 알았다면서도 몸에 안 좋다고 끝까지 콜라를 주지 않는 며느리, 일본어로 며느리 욕을 하는 시아버지를 보고 기도 모임을 빙자해서 "남의 욕을 하는 어리석은 양을 용서해 주시옵소서" 하고 비는 며느리를 보면 웃지 않을 수가 없고, 내심 그 시절 며느리들이 모두 박정수 같기를 바랐다. 하지만 이런 게 웃긴다는 건, 호통치며 권위를 내세우는 사람만 빼고 모든 사람들이 그 꼴이 우습다는 걸 알고 있어서고, 현실에는 있었을 직접적인 폭력이 없기 때문이기도 하다. 시트콤에서는 소리 지르는 남성에게 대들어도 아무도 맞지 않고 아무도 병원에 실려 가지 않고 경찰을 부를 일도 생겨나지 않는다. 하지만 현실도 그랬을까? 가정폭력방지법은 1998년에 시행되었으며, 아내를 고문 수준으로 폭행한 남편의 기행[1]이 사회적 파문을 일으켰던 것이 2000년이었다. 〈웬그막〉과 현실의 괴리야말로 블랙코미디라고 할 수밖에.

　이 집의 진정한 가부장은 단연 '노주현'이다. 이 시트콤은 출연자들의 본명을 극 중 이름으로 사용하는데, '노주현'을 중심으로 일가의 이름이 재편되고 있다는 사실은 매우 고무적이다. 무려 삼대가 살고 있는 이 집안의 대장은 '신구' 배우이지 않나? 그런데 왜 '신씨'가 아니라 '노씨'가 대장인가? 장남 노주현은 어딘가 나사 하나 빠진 사람 같다. 배가 고프다며 노상 소시지를 주워 먹고, 식탐이 강한 탓에 남의 음식 그러니까 아버지 노구가 선물로 받은 고급 양갱이라든지 고급 꿀 같은 걸 훔쳐 먹고, 그러고선 금방 들켜서 '먹보'라고 욕먹으면서 (그 나이에) 회초리를 맞는다. 그는 집안의 구박데기면서 효자다. 자주 미움받지만 곧잘 반성하고 용서를 빈다. 소방서에 재직 중인 그가 가질 수 있을 리 없는 막대한 '아버지의 재산'을, '사람 좋다'는 미명하에 자신의 돈인 양 턱턱 빌려주고 보증을 서주다가 대차게 날려먹고, 부업으로 뻥튀기 장사를 한다고 했다가 납품처가 금세 도산해 또 욕을 먹고…… 뭐 그런 식이다. 아내와의 관계에서도 그는 줄창 혼나는 역할이다. 좋아하는 반찬이 없으면 마지못해 소시지를 굽거나 라면을 끓이기는 해도, 아내가 해주는 밥을 당연하게 받아먹으면서 사는 사람. 보증을 서주고 아

___

1　　여성신문 편집국, ""내 아내니까 때린다"… 여성 생명 위협하는 가정폭력", 《여성신문》, 2018년 11월 9일.

내에게 욕먹고 주눅이 드는 사람. 그러면서도 아버지 재산을 팔아 '좋은 친구'의 한 축을 담당하고, 룸살롱에 다니는 사람. 이 사실을 추궁하는 아내를 힘으로 제압하거나 때리지 않는 사람. 어쩌면 노주현은, 저 시대 '가부장'에는 그다지 어울리지 않는 사람이 아닐까?

소리 지르고 고집대로 사람들을 굴복시키며 자신의 체면을 세워주기를 바라는 아버지 '노구'를 본다면 더더욱 '노주현'은 어딘가 유약해 보인다. 그리고 그런 사람이 바로 집안의 '대장' 즉 '노씨'의 근간이라는 것이 이 시트콤의 핵심이다. 권위가 하나도 없고 먹보에다가 온갖 눈치도 없으면서 관심은 받고 싶고 체면을 영 안 차리는 건 아닌데 하는 짓 때문에 자신의 체면은커녕 아버지 체면도 못 살려주는 가부장. 능력 있는 주변 사람들의 밑천을 야금야금 파먹으면서 사랑받고자 하는 가부장. 가문의 권위를 추락시키는 웃기는 가부장을 가문의 대장으로 삼은 이 시트콤은 저 시대 가부장의 미래를 이런 식으로 예견한다.

이 시트콤을 보면 여성이 능력 없다는 이야기는 원래부터 없었던 말처럼 느껴지고, 밖에서 줄곧 체면 차리는 남성이 능력 있고 똑똑한 여성을 만나 제 손으로 밥 한 끼 못 차리는 것이 여전히 이상하게 느껴지고, 진지하게 아랫사람을, 며느리를, 여성을 제압하려고 하는 가부장이 망신당하는 가부장보다 더 바보처럼 느껴지기도 한다. 지금 이 시트콤을 보고 비로소 마음껏 웃을 수 있는 건, 체면과 위신을 차리는 가부장의 위선이라는 게 여전히 존재하고 여전히 진저리 나게 싫으면서도, 꽤나 우스꽝스러운 일이라는 걸 알기 때문이다. 어쨌거나, 세상은 변했고 또 변하고 있으니까.

미래 예언적 블랙코미디

초등학교 고학년쯤 EBS에서 〈심슨 가족〉을 방영해 주곤 했다. 정말 이상한 만화라고 생각하면서도 매주 챙겨 봤다.

무엇이 이상했냐고? 우선 옆머리만 있는 괴상한 대머리 광대 크러스티가 이상했다. 아이들의 아이돌 역할을 자임하는 캐릭터로 등장하는데, 한국식으로 비유하자면 뚝딱이 또는 뚝딱이 아빠, 아니면 깔깔마녀 정도라고 할 수 있을까. 크러스티는 자신이 진행하는 어린이 프로그램 〈크러스티 쇼〉에서 아이들에게 나쁜 것을 홍보한다. 자신이 홍보 모델로 있는 각종 패스트푸드 홍보에 열을 올린다든지, 몸에 좋지 않은 인공 조미료를 가득 넣은

36

시리얼을 판다든지. '먹으세요! 인공 조미료와 싸구려 고기가 잔뜩 들어간 크러스티 버거! 절찬 판매 중!'

〈크러스티 쇼〉의 한 코너로 '이치 앤드 스크래치'라는 막간극이 있었다. 생쥐 이치와 고양이 스크래치 캐릭터가 나와 서로를 패 죽이고 터뜨리고 문자 그대로 뼈와 살을 분리하는 결말에 이르는 만화였다. 대체로 당하는 쪽은 고양이 스크래치였다. 〈심슨 가족〉의 어린이 캐릭터이자 남매인 리사와 바트는 '이치 앤드 스크래치 쇼' 시청을 사수한다. 그만큼 어린이들에게 인기 있는 만화라는 설정이었다. 리사와 바트는 언제나 스크래치가 '펑' 터지며 'The End'가 화면 가득 뜨는 순간, 깔깔 웃는다. (쓰고 보니 초등학생인 내가 이다지도 이상한 〈심슨 가족〉에 몰두했던 모습과 그다지 달라 보이지 않아 어쩐지 아차 싶은 마음이 든다.) '이치 앤드 스크래치'는 〈톰과 제리〉를 모티프로 했다고 알려져 있다. 〈심슨 가족〉이 온갖 종류의 풍자를 일삼는 탓에, 귀엽고 꾀가 많은 제리와 욕심 많고 다소 미련한 톰의 좌충우돌 일상이 생쥐 이치와 고양이 스크래치로 변해서는 서로를 망치로 내려치고 도끼로 찍고 폭발물로 터뜨려 버리는 기이한 형태의 만화로 변해버린 것이다.

〈심슨 가족〉은 모든 것을 (좋게 말해) 풍자한다. 사실 모든 걸 조롱한다. 아이들도, 아이들이 보는 TV 쇼에 출연하는 어른들도, 부모도, 여자도, 남자도 모두. 백인, 흑인, 아시안, 스코틀랜드인, 각국의 모든 인종을 풍자한다. 프랑스, 영국, 독일은 물론이고 인도, 중국, 일본, 한국도 풍자한다. 물론 이 만화의 생산지인 미국도 예외는 아니다. 사실은 미국을 가장 가차 없이 풍자한다(트럼프가 대통령이 되는 에피소드가 있었는데, 훗날 정말로 실현되어 버리기도 했다). 뭐, 본래 '유머'란 일종의 자기혐오라고 하니까. 자기연민보다야 자기혐오인 쪽이 낫다(그러나 어디까지나 '낫다'인……)고 생각하는 나로서는, 이렇게까지 전부 다 조롱하는 게 말이 되나 싶으면서도 큰 매혹을 느꼈다. 저렇게 모두를 다 바보 취급할 수가 있단 말이야? 게다가 모두를 바보 취급하는 일이 꼭 그 사람에게 망신을 주고 모욕을 주는 형태가 아니어도 가능하단 말이지? 바보 같음을 스스로 폭로하게끔 만들어버리고, 극화된 그 모습을 보고 깔깔 웃고 속으로는 엄청나게 비웃고 마치 나는 그런 사람이 아닌 것처럼…… 그런 식의 자기혐오까지도 하나의 유머로 만들어버릴 수 있다고? 도대체 왜 국민의 교육방송 EBS에서 '이딴 만화'를 방영해 주는지 영영 알 수가 없었는데, 그러면서도 그걸 챙겨 봤던 스스로를 생각하면, 아, 이런 식의 자기 성찰을 EBS가 유도했던 걸까, 설마? 아주 가차 없이 아이를 성장시키는 교육방송 EBS…….

그 이후로 한 몇 년간은 열렬하게 〈심슨 가족〉을 봤고 이유 없이 보지 않았다가 보았다가 했다. 최근에 디즈니로 넘어간 뒤에 (미키마우스라든지) 무시무시한 디즈니 저작권에 더 이상 걸리지 않는다는 것조차도 하나의 조롱거리로 삼고 있는 장면을 우연히 보고 나니 시청하지 않을 수가 없었다. 그러는 사이 좋아하는 캐릭터가 몇 번이나 바뀌었다. 얄밉고 공부도 못하고 늘 바보 같은 짓만 일삼고 다니는 사고뭉치 '바트'는 미워할 수 없는 집안의 문제아인데, 뭔가 좀 잘 크기는 글렀다 싶은 캐릭터였다. 바트가 꼴 보기 싫고 얄밉고, 얘는 좀 당해봐야 해, 싫으면서도…… 마음이 쓰인 것은 사실이었다. (어째서 이런 애증의 마음으로 바트를 좋아해야만 했었는지.)

바트는 자유로웠다. 그가 다른 캐릭터에 의해서 부당한 함정에 빠질 때면(대체로 그를 놀려먹으려고 하는 학교의 일진들이 바트의 주적이었다)쌤통이다, 싶었다. 하지만 그 정도의 '적' 정도는 만들 수 있는 사고뭉치여야 적어도 호머와 같은 '멍청한 어른'을 놀려먹을 수 있었고 그건 남자아이의 역할이었다. 그는 공부를 못하고 공부에 관심도 없고 그렇다고 뭔가 다른 것에 특별히 관심이 있는 건 아니고 스케이트보드를 열심히 타고 '최고의 말썽꾸러기' 타이틀을 얻고 싶어 하는 것 이외에는 달리 뭐가 없는 것 같은 데다 늘 여동생 리사를 '범생이'라고 놀려먹는 좀 골치 아픈 바보이고, 친구가 없는 밀하우스의 또래 아이에 대한 불안한 집착을 이용해 먹는 10대였다. 그러나 공부를 못한다는 사실이 그의 행복을 전혀 구속하지 못했고, 리사를 놀리기는 하지만 그녀의 가능성을 진지하게 해치지는 않았으며, 불안형 애정 양상을 지닌 이혼 가정의 자녀와 우정을 나눴다. 그걸 보던 10대 초의 나는 여자아이였고 슬슬 공부와 미래에 대한 한국 사회의 오래된 믿음과 관습을 내재화하던 중이었기 때문에, 이렇게도 살 수 있다는 걸 보여주는 가상의 미국 남자아이의 삶이 꽤나 남다르게 보였을지도 모르겠다.

하지만 이 애니메이션이 궁극적으로 모든 것을 '풍자'한다는 점을 잊어서는 안 된다. 간혹 가족의 먼 미래를 가정해서 만들어진 에피소드(S23. EP9)[2]에서 바트는 와이프에게 이혼당하고, 가끔 만나는 자녀에게 와이프가 재혼했다는 소식을 전해 들으며 슬퍼하면서, 부모의 집에 아이를 맡겨야 하는 초라한 성인이 되어 있다. 바트의 청소년기를 보면 그가 결혼하여 슬하에 자녀를 두었다는 것만으로도 꽤나 역량을 초과한 성공이지 않나 싶기는 하지만. 하여간에 이 만화에서 무슨 교훈 같은 것을 찾자고 하면 곤란하고, 단지 '이런 게 인생', 각자의 삶에는 일장일단이 있고 어떻게든 완전한 성공이나 완전한 망함이

---

2   〈심슨 가족〉에서 가족의 미래를 예견하는 에피소드는 여러 차례 있었다. 확인한 것으로는 S6. EP19, S11. EP17, S15. EP15, S23. EP9, S25. EP18까지다. 예견된 미래의 모습은 조금씩 다르지만, 어느 순간부터 리사는 '성공했으나 어리석은 남자와 결혼한 여성'이 되어 있고, 바트는 줄곧 결혼 생활에 실패한 중년 남자로 그려진다. 호머는 여전히 바보같이 늙어 있고, 마지는 할머니가 되어서도 그의 뒤치다꺼리에 여념이 없다.

라는 건 존재하지 않는 것 같고, 이런 사람들이 모여 있는 곳이 곧 사회, 그들과 살아간다는 것이 곧 삶이라는 블랙 코미디적인 깨우침이 있을 따름이다.

　한편 조금 미쁜 마음으로 다시 보게 된 캐릭터는 마지와 리사다. 마지는 똑똑한 대학생이었는데 어쩌다 젊고 미래에 대한 걱정도 없이 매분 매초 그저 자신의 즐거움을 좇으며 살아온 호머를 만나 사랑에 빠지고 결혼하고 아이를 가지게 되면서 그녀의 삶은 그야말로 뭔가 좀 잘못되어 버린 것만 같다……. 이 캐릭터에 대한 만화적 연출이 있다면 그녀 자신이 그녀가 지녔던 여러 가지 가능성 및 그에 대한 손실을 정확히 알고 있다는 것이고, 그 때문에 못 견딜 만큼 삶을 후회하기도 하지만, 놀랍게도 그녀의 인생을 망친 호머가 바치는 일종의 헌신(같은 것)에 의해 위로받는다는 점이다. 대부분 딸의 관점에서 목격되고 상상되는 엄마의 삶이 마지와 같지 않을까 싶다. 마지의 삶이 지극히 일반적인(만약 이 말이 불편하다면 이런 표현은 어떨까? 지극히 미국적인, 이라든지. 하지만 뭐가 그렇게 다를까. 한국 사회의 많은 부분은 '미국식 가정'이라는 상像에 기초하는 지점이 있다) 가정 내에서 극화된 '가정주부 여성'의 삶을 아주 전형적인 방식으로 풍자한 형태로 재현한 사례라 본다면, 그런 '목격담' 내지는 '상상의 존재로서의 어머니'에 대한 이해가 아주 틀린 것 같지는 않다(그렇다는 것이 '그녀들의 잘못'이라는 것과는 별개의 문제임은 반드시 짚어져야만 한다).

　일전에 자녀들이 결혼하기 이전의 엄마에게 하고 싶은 말을 인터뷰하고 가상의 영상 편지를 쓰는 콘텐츠를 본 적이 있는데(유감스럽게도 지금은 찾을 수가 없다) 딸들은 하나같이 엄마에게 "결혼하지 마. 내가 태어나지 않아도 괜찮아"라고 말했다. 인상적이었던 것은 나도 마찬가지의 말을 상상하고 있었다는 점이다. 보통의 엄마들은, 자신이 아주 많은 가능성을 지닌 사람임에도 불구하고 '희한하게' 결혼을 하고 나면 모든 가능성을 (비)자발적으로 통제당하게 되는 것만 같다. 나는 우리 사회가 이 문제를 배우자가, 자녀가 얼마나 좋은 사람이며, 그것이 기혼 여성에게 어떠한 성취가 될 수 있는지와는 별개의 문제로 받아들여야만 한다고 주장하고 싶다. 그렇게 봐야만 하는 수만 가지의 이유가 있지만, 그중 단적인 예는 이 문장 속의 주체를 '기혼 남성'으로 바꾸게 되었을 때 같은 의미로 받아들여지지 않는다는 점이다.

　호머 심슨은 바보 같은 캐릭터다(하지만 놀랍게도 어떤 부분이 '사랑스럽게' 받아들여지고 있다). 일터에서의 근무 태만은 물론이고 악덕 사장 밑에서 일하면서 잘릴 위기가 수도 없이 많았지만 빌어먹게 운이 좋은 탓에 많은 것들이 완전히 망가지지는 않고 그럭저럭 살고 있다. 그의 결혼 생활도 그렇다. 그의 대단한 식탐, 계획 없는 지출, 알코올중독 증세, 목을 조르는 자녀 훈육(?)의 방식

같은 것을 돌아볼 때, 그는 그다지 좋은 생활인도 좋은 아버지도 아니다. 이러한 생활력 부족은 때때로 마지를 화나게 만든다(화가 '때때로' 난다는 점이 가장 놀라운 부분이다). 그가 만약 조금이라도 좋은 아버지일 가능성이 있다면 적어도 좋은 남편으로서 자신이 어때야 하는지를 '학습'한다는 데 있다. 그는 자신이 마지를 대해왔던 방식을 아들에게 전수하곤 한다. '하하. 여자의 화를 풀어주려면 알아듣지 못해도 그저 응, 그렇구나, 세상에 어떻게 그럴 수가 있지? 같은 말을 해주면 된다고.' 굉장히 건성인 그의 태도가 드러나기는 하지만 표면화된 기혼 남성의 바른 자세를 학습하기 위해 노력이라도 하는 것이다. 그것이 대단하다는 게 아니라, 이 정도로 바보인 호머조차 노력은 한다는 것이고, 그것이 마지를 감동시키는 포인트다. 자, 이렇게 보면 호머의 최대 성취는 마지와 결혼하여 슬하에 자녀를 둔 것이라고 할 수 있지 않을까? 하지만 그렇게 하기 위해 호머는 마지와 같은 방식으로 삶의 다른 가능성을 모두 차단당했던가? 호머는 마지와 결혼하기 위해 대학 생활을 포기해야 했거나, 결혼한 이후에 경력 단절을 겪었던가? 마지가 그랬던 것과 같이 호머 역시 남편이자 아버지로서 어떤 고유한 영역을 희생하고 있겠지만 그것이 곧 좋은 아내와 좋은 자녀로써 보상될 수 있다고 이야기되는가?

물론 이것은 만화이고(하지만 극한의 풍자만화이고),

블랙코미디적인 요소를 지니고 있기 때문에 이로부터 '보통'과 '일반'의 모습을 추출하는 건 무리일지도 모른다. 하지만…… 정말 그런가? 풍자란 조금은 납작한 재현처럼 보일지라도 가장 '일반적'이라 믿는 관념들을 비틀어 웃음을 자아낸다. 풍자는 '일반'과 '보편', 그리고 '보통다 그래'가 가리고 있는 낙관을 극단적인 형태로 재현하기 때문에 '전형적'일 수 있다. 그런 점에서, 지극히 일반적이다.

마지라는 캐릭터가 눈에 들어오고 난 뒤에, 놀랍게도 '마지'가 동서양을 막론한 '어머니상'일지도 모른다고 실감하게 된 것은, 어떤 드라마와 영화를 보더라도 마지와 호머가 비쳐 보였기 때문이다. 철없고 생활 감각도 별로 없어 보이지만 어떻게든 집안은 굴러가게 하는 가부장과, 결혼하고 무엇보다도 이른 출산을 하게 되는 바람에 많은 것을 포기한 주부 여성이 늦게나마 자기실현을 위해 직장을 다니기도 하고 자기 성취에 몰두하며 중년에 이르는 것. 〈웬만해선 그들을 막을 수 없다〉의 주현, 영삼, 오중과 비교할 때 정수, 윤영의 일면도 그러하고, 장장 11년 동안이나 방영되었던 미국의 시트콤 〈모던 패밀리〉의 가족 군상, 〈릭 앤 모티〉의 형편없는 가부장이자 천재 과학자인 장인 릭에게 매일 욕먹고 사는 남편 제리와, 천재 과학자 아버지의 유전자를 닮아 똑똑하지만 프롬 파티에서 제리와 엮이는 바람에 아이를 낳고 살림하느라 지쳐버린 수의사 베스도 그렇고……. (〈릭 앤 모티〉는 좀 다른 형태의 극단적인 블랙코미디적인 요소를 가지고 있기는 하다.) 이때 남편들은 '사랑스럽지'라도 않으면 결코 용서받을 수 없다.

마지는 자녀가 그녀와는 조금 다른 삶을 살길 바라면서도, 지나치게 대단한 사람이 되지는 않았으면 하는, 그녀 자신도 이유를 제대로 알지 못할 질시를 리사에게 드러낸 적이 있다. 우에노 지즈코[3]는 이를 딸이 자신보다 더 '좋은 남편'을 만나 더 '나은 아내'가 되는 것에 대한 어머니의 질투라고 이야기했다. 딸이 자신이 성취한 '아내'의 자리보다 더 나은 것을 선택함으로써 자신의 삶이 상대화되는 것에 대한 불안을 표현하는 것이다. 때때로 여성 자녀의 진취적 성취의 기회에 대해 이유 없이 맹렬하게 반대하는 여성 가족이 있다면, 바로 '어머니' 및 '아내'에 대한 사유 체계의 가부장성 때문일 것이다. 마지 역시 이런 모습을 아주 부드러운 방식으로 드러내고 있다는 점에서 맷 그레이닝(〈심슨 가족〉의 작가)은 풍자의 천재가 아닐 수 없다.

그런 속에서 리사와 매기는 어떻게 자라나게 되는 걸까? 똑똑한 잘난 척쟁이, 그러나 사교성은 좀 떨어지고, 언제나 또래로부터 인정받고 인기를 얻길 원하지만

3   우에노 지즈코, 《여성 혐오를 혐오한다》(나일등 옮김, 은행나무), 2022년.

그렇지 못하는, PC한 소녀 리사는, 시대를 '지나치게' 앞서가는 것처럼 보인다. 비거니즘을 지향하고 동물권 보호를 실천하고 독려하는 초등학생 콘셉트는, 2020년대에 이르러 기후 위기로 인한 청소년의 우울이 심해졌다는 보도와 더불어 환경 운동가 그레타 툰베리의 존재로 인해 더는 과장조차도 아니다. 리사가 초창기에 모습을 드러냈을 때에야 좀 '지나친 선구자적 면모'를 지녔다는 점에서 비웃음을 사거나 우스꽝스럽게 비춰질 수 있었을지라도 지금은 아니며, 그런 점에서 〈심슨 가족〉은 황당하게도 예언적이다.

인간이 구성한 세계라는 것이 대단히 높은 이상 속에서 세간의 언어로는 전부 설명되지 못할 정도의 복잡성과 숭고한 철학으로 쌓아 올려진 것처럼 보이고 그것을 스스로 숭배한다고 할지라도, 실제로 우리가 느끼는 삶이란 이런 식으로 얼기설기 엉망진창인 채로도 굴러간다. 바로 그렇기 때문에, 지금 상황에 대해서 지나치게 엄숙해지지 않으면서 이다음에 대해서 무엇을 상상할 것인지가 중요한 것일 테다.

리사는 자신이 가진 능력을 온전히 인정받지 못하면서 '잘난 척쟁이'가 되어버린 것만 같다. 리사는 음악적으로 뛰어난 재능을 가지고 있고(적어도 악기를 연주할 줄 안다는 것을 즐기는 것 같고), 학문적으로 뛰어난 학생임을 입증하고 있으며, 사회·정치적으로 올바름에 대해 고민하고, 합리적인 정책을 제안하기도 한다. 다만 리사 또한 성장하는 아이이기 때문에 인간관계에 미숙하고, 똑똑한 여자아이를 대하는 세간의 태도가 어떠한지 경험적으로 알아가는 중이며, 주로 사교성을 희생당한다. 만약 주변에 리사 같은 친구가 있다면…… 정말로 가까워지기 어려웠을까? 말하자면 리사는 일종의 '너드'인 셈인데, 그녀의 잘난 척을 견디기는 좀 어려웠겠지만, 그녀의 뛰어난 부분은 사회성이나 사교성과 거래되어야 하는 것이기보다는 조금 더 격려받음으로써 사회화되어야 하는 부분이었을지도 모른다. 심슨 가족의 미래를 가상적으로 구상한 에피소드에서, 리사는 학교를 2년 빨리 졸업하고, 뛰어난 능력을 지닌 커리어 우먼으로 소개된다. (커리어 우먼이라는 말도 좀 웃긴다고 생각한다. 유독 여성에게만 '커리어'가 좁은 의미로 사용되는 이유가 뭘까? 우리 엄마 또한 오랫동안 한 분야에서, 그리고 또 여러 분야에 도전하기를 서슴지 않으면서 한 명의 사회인으로서는 단연 선배라고 할 수 있을 만큼의 커리어를 쌓은 여성이다. 그렇지만 또 어떤 면에서는 그러한 경력 자체를 하나의 커리어로 인정하지 않는 분위기인데, '중요한 것'과 '중요하지 않은 것'을 나누는 사회의 위계적인 관점 때문일 것이다. 이러한 경력은 결혼과 출산, 양육 이후에도 꾸준히 이어져 왔음에도, 자의로나 타의로나 '커리어 우먼'이라는 명칭은 그녀로부터 떨어져 나간 것 같다. 하지만 맞벌이를 하는 대부분의 한국 가정을 상상하면 당연하듯, 한국인 가정의 주부만큼이나 다양한 커리어를 가진 존재가 어디 있다고?) 그런데 황당하게도, 지극히 현실적인 모습일, 리사의 남편은 무려 '밀하우스'다. 어째서 능력 있는 여성들이 자기의 문제를 '아내'를 통해 핸들링하려는 바보 같은 남성과 가정을 꾸리게 되는 건지, 분명히 구조적으로 성찰해 볼 필요가 있다. (어쩌면 바보 같음을 받아들이고 숨기지 않는 것이 가부장의 생존 전략인 걸까?) 미래 상상 에피소드에서 성장한 남매들은 저마다 자기의 결핍을 보고 다른 형제의 성공을 보면서 또 다른 용기를 얻기도 하는데, 리사도 마찬가지다. 그녀의 치유되지 않은 결핍 또한 많은 것을 인정받은 미래에도 여전히 그 흔적을 드리우고 있다. 잘 이해되지는 않지만, 그것이 리사가 밀하우스와의 결혼을 선택한 이유일 것이다. (이 얼마나 비싼 대가인지.)

미래는 매기에게 달려 있다. 〈심슨 가족〉에서 매기는 시종일관 쪽쪽이를 물고 있는 아기로 등장하지만, 단지 '발화'하지 않을 뿐, 여러 가지 형태로 '말하는' 중이다. 매기는 밥상을 뒤엎으며 감정을 표출하고, 글자 블록을 통해서 '언어'를 학습해 가며 그에 대한 이해의 수준이 매우 뛰어나다는 것을 드러낸다. 하지만 그녀의 언어는 가족들에게 잘 '발견'되지 않는다. 아마도 그녀가 '말'하지 못하기 때문일 것이다. (하지만 누차 말하듯, 그녀는 그것 이외의 모든 방식으로 말하고 있는데도!) 미래 상상 에피소드에서 매기는 사회 반항의 아이콘인 유명 록밴드의 리드보컬이 되어 있다. 매기는 세 명의 남성 밴드 구성원 중 누구의 아이인지 모를 아이를 출산한다. 목소리를 내는 것과 아이를 출산하는 것에 연관성이 있다는 것이 밝혀진 '미래' 인공지능의 제안에 따라 성인이 되고 심지어 내내 목소리를 내야만 하는 '보컬'이 된 매기의 목소리는 여전히 들을 수가 없다. '누구의 아이'냐고 묻는 할아버지의 말에 막 대답하려던 찰나, '어차피 그건 별로 중요하지 않다'고 할아버지가 마저 말을 이어가서 정작 매기의 대답은 들을 수 없다. 더는 출산에 대한 남성적 의존이 불필요한 세대의 등장을 예고하는 것일까? 아니면, 여전히 여성의 삶이 출산을 토대로 한 구속적 상태에서 완전히 벗어나지 못했음을 암시하는 것일까? 아직 매기의 목소리는 들려오지 않고, 그녀가 '선택한 삶'은 미지의 영역이다. 그녀의 목소리와 그녀의 말은 아직까지 우리의 상상에 달려 있다.

덮어쓰기

 밤마다 최현숙의 글을 읽는다. 사람에 대한 환멸이
절정에 달하던 5월 무렵, 사람을 직접 만나서 상대의 마
음을 살피는 상황에 자발적으로 처하는 건 상상도 할 수
없었고 그래도 사람과의 대화에서 지나치게 멀어지고
싶지 않다는 마음이 조금이나마 남아 있을 때, 최현숙의
《작별 일기》를 읽기 시작했다.
 《작별 일기》는 최현숙이 모부의 삶을 중심으로, '부
자 노인'이 노년기에 '의료 타운'에서 어떻게 삶을 영위하
고 죽음을 맞이하는지에 대한 이야기다. 노인이 된 모부
를 돌보며 그들의 새로운 모습을 겪어가는 최현숙은 그
들과의 대화를 통해 '애愛'와 '증憎'으로 점철된 그들과 자

기 사이의 과거를 톺아본다. 이른바 과거에 대한 재해석
이다. 모부에 대한 '증'은 그들이 노인이 되었다는 이유로
곧장 '애'로 전환되지는 않는다. 살아 있는 한 (혹은 한쪽
이 죽더라도) 계속될 애증의 과거를 톺아보는 일은 당시
형성됐던 관계의 저어함을 삭제하는 일이 아니라, 마주
보고 돌려보는 일이기 때문이다. 당시의 관계에 대한 마
음의 기억을 조금씩 덮어쓰기 하는 것이다. 덮는다고 '과
거'가 없어지지 않고 마음의 기록은 계속 남아 있는 상태
로 다른 버전의 해석을 얹는다.

　　아버지에게 저항하는 한 시절을 살았던 최현숙의
이야기를 서두르지 않고 읽어가면서 숙제처럼 남겨진 모
부와 가족에 대한 애증을 꺼내보지 않을 수 없었다. 사람
에 대한 '증'에서 조금이나마 벗어나려고 읽었는데 어쩌
다 보니 '증'의 기억을 기어코 건드린 셈이었다.

　　언제나 '애'가 좀 더 승한다고 기억(해석)해 왔던 모
친과의 관계가 내겐 특히 숙제다. 그녀와의 관계는 생활
의 거리와 함께 마음의 거리가 생긴 뒤 과거와 현재를 고
쳐쓰기 하는 과정에서 '증'으로 들끓었다. 어째서 그때 결
혼 생활을 포기하지 않아서, 어째서 그때 자식을 제대로
훈계하지 않아서, 어째서 나를 지지해 주지 않아서 하는
원망은 어느 정도는 말하기를 포기하고 또 남은 얼마간
은 이해하고 털어버렸다고 여기며 살아왔는데 그렇지 않
았다는 걸 알았다.

일단 나는 그것을 나름대로 이해하려고 했다. 그때 그녀가 그리할 수밖에 없는 나름의 사정이 있었을 거라는 생각에서였다. 가정 경제의 적잖은 부분을 담당하는 경제활동인구로 사는 동시에, 음식과 청소, 빨래는 물론이고 자녀 교육 및 교양의 양성까지 도맡아야만 했던 사람. 그녀는 '어머니-여성'에 부여되었던 시대의 기율에서 자유롭지 못했다. 그러니 그녀가 내게 주었던 어떤 상처는 저러한 책무를 수행하는 과정에서 이미 그녀가 할 수 있었던 최대치 이상의 노력에 따른 부작용副作用이기도 했을 것이다.

부작용은 부정적 작용이 아니라 주요 기능에 대한 부차적인 작용을 말한다. 그러니까 그녀의 노력에 따른 '부차적인 작용'이 나를 상처입힌 거라면 그건 그녀의 의도로 행해진 것이 아니니 이해 못 할 것도 아니다. 무엇보다 그녀에 대한 나의 이런 해석은 그럴듯하다. 그녀의 삶을 한 여성의 생애 측면에서 보았을 때, 어머니로서 자신을 실천하는 과정에서 발생한 갈등의 해프닝(?)은 그럭저럭 이해되어야만 하는 맥락을 가지고 있다. 그러나 문제는 20대 중반까지 수행했던 모친에 대한 이해의 시도라는 게, 그렇게 하지 않으면 그녀의 삶과 나의 삶을 모조리 증오해 버리지 않을 도리가 없어서 선택한 궁여지책이기도 했다는 점을 인식하면서부터다. 그런 방식의 양육을 거쳐 형성된 성격이 향후 삶을 구성하는 데 미치는 영향의 수준은 결코 '해프닝' 정도로 여겨질 수 없었다.

2년여 전 원가족이 친 사고를 연달아 수습하며 정신력을 크게 소모했다. 이후 나는, 원가족과의 경험뿐만 아니라 이를 바탕으로 형성된 '가족'이라는 관념적 개념이 내게 트라우마로 작동하고 있음을 인정했다. 도무지 수용되지 않았던 내 의견은 '자식'으로서의 억압된 경험으로 남았고 '자식'으로 규정되지 않는 관계에까지 영향을 미쳤다. 어른이 된 이후 내가 맞닥뜨린 삶의 면면을 구성하는 중요한 선택의 순간에, 가족과의 경험에 기대어 형성된 자기 인식은 나의 주체적 선택을 매번 가로막곤 했다.

언젠가 대학원에 진학하기 이전에 어차피 대학원 학비만큼 돈이 소요될 것 같으면 대신 유학을 (빙자한 어학연수라도) 다녀오고 싶다고 이야기를 꺼냈다. 유학은 막막했던 당시의 삶에 하나의 출구로서 만들어진 선택지였다. 그러나 이 전망은 어떤 설명이나 이해 없이 묵살됐다. 학비를 대달라든지 뭔가를 '해달라'는 것도 아니었는데 대단히 잘못된 이야기인 것처럼 모친에 의해 강경하게 반대됐다. 그녀의 친구마저도 자식의 삶에 왜 그렇게까지 반대하냐며 의아해했을 정도였다. 돌이켜 보면 진로를 의논하는 과정에서 내 의견은 종종 격렬하게 거부되었고(애초에 그것은 거부와 승인으로 이루어질 수 있는 것조차도 아닌데), 어떤 이유도 설명되지 않았으며, 끊임없이 실행 불가 판정을 받았다. 시간을 이보다 더 거슬러 올라가면, 최초의 기억은 초등학교 저학년 시절부터 시작된다…….

　이런 방식으로 '모친과 나'의 서사를 써 내려갈 때, 내가 실천하지 못한 일에 대해 납득할 만한 이유(누군가의 개입, 누군가에 대한 기대)라도 만들지 않을 수 없었고, 이 작업은 내가 '증'하는 상황을 초래한 관계의 다면성을 직시하도록 만들었다. 나의 선택을 죽도록 거절한 저이를 헤아리려는 시도조차 하지 않으면 거부된 내 삶이 영영 감당될 수 없을 것 같았으니, 그 이해는 누구보다도 스스로에게 필요했다.

　그런데 이런 식의 '이해의 시도'는 또 다른 타인과 관계 맺는 상황에서는 주객이 전도되는 방식으로 영향을 끼쳤다. 도무지 이해할 수도 없고, 그렇게 하고 싶지 않고 어쩌면 더는 '이해'라는 게 필요하지도 않은, 그렇게 하기를 포기한 관계에 대한 기묘한 애착으로 변질됐다. 그러는 과정에서 나는 너무 많은 것을 감당해야만 했다. 어떤 것에 대한 감당은 자신을 위하기는커녕 자신을 위한다는 명분을 위시하여 모조리 고통에 갖다 바쳐졌다. 이해를 '할 수 없음'의 영역은 불가능 그 자체로 남겨둘 수밖에 없고, 얼마간은 '할 필요 없음'이라는 정당성을 가진 채로 남아도 족할 텐데.

적잖은 감정적 고충을 치러왔고 여전히 어떤 것은 알게 되었으되 받아들이지는 않는다. 다만 그때 필요에 의해 해왔던 것들이 더는 나를 존속하거나 바로 세우는 데 제대로 기능하지 못하고 있음을 알아챈 지금, 내가 관계를 헤아리고자 해왔던 수행의 다른 면을 볼 때가 된 것이리라.

나는 여전히 모부와의 어린 시절 기억에 붙들려 있다. 그것이 트라우마틱한 방식으로 작용하고 있음을 느낀다. 이것을 아는 상태에서 모부의 입체성을 보기로 한 (해왔던) 어떤 시도들은, '나는 사람의 어떤 면을 나의 문제로 끌어당길 수 있는가'를 실험하는 일이 된다. 그들이 했던 일, 그들과 연루된 나의 최초의 기억이나 해석은 사라지지 않지만, 그것이 또 다른 해석의 가능성을 내재하고 있다는 것을 부러 떠올리고는 덮어쓰기. 없던 일로 덮는 것이 아니라, 과거의 상처를 토닥이는 것으로서의 '덮음'을 시도하며 '이다음'을 내 쪽으로 끌어당긴다.

비 오는 날 집에는 아무도 없다

학창 시절 내내 집에 돌아가면 대체로 아무도 없었
다. 엄마는 오후부터 밤늦도록 일했고 아빠는 종종 지방
에 내려가 있거나 늦은 밤에야 돌아왔다. 세 살 터울 동생
이 가끔 집에 있었지만 부모가 부재한 상황에서 손아래
형제란 유대보다는 돌봄의 대상이었다.

돌이켜 생각하면 서로가 서로에게 가졌던 호기심과
애정을 나눌 기회가 별로 없었던 게 아니었을지. 동생에
게 나는 약간은 선망의 대상이었는데(그렇게 여겼다는 사
실을 한참 뒤에야 알았다), 친구와 놀러 나가려는 나를 매
번 따라가겠다고 떼쓰는 동생을 귀찮아하며 한사코 떼
어놓고 나가면서부터 그랬을 것이다. '동생 없이' 친구와

놀러 나가는 일은 그때 내게도 요원한 것이었다. '돌봄'의 대상으로부터 일탈하는 것이었기 때문에 애정만으로는 양보할 수 없는 시간이었다. 그런 식으로 우리는 유대할 기회를 조금씩 잃어버렸고, 시간이 쌓여가면서 하교한 뒤 종종 집에서 마주쳐도 서로를 반긴다고는 말할 수 없는 사이가 되었다.

누가 집에 없어서 좀 적막하고 고독하다, 라고 생각했던 것과는 또 상관없이 집에 가족이 있다는 사실이 실은 내게 그다지 위안을 주지 못했다. 종종 모부 가운데 한 명이 낮에 집에 머물러 있을 때도 있었다. 하교한 집에 아빠가 있다는 것은 실직을 의미했으므로 서로 달가운 상태일 수 없었다. 실직 자체가 문제였다기보다도, 모부 됨에 미숙한 성인이 실직의 불안을 자녀에게 투영한다는 게 문제였다. 대낮에 가부장이 집에 있다는 사실은 자녀를 불안하게 만들었다. 40대의 한창 기세등등할 무렵의 아빠는 자녀에게는 더욱 위협적이고 두려운 존재로 인식되었다. 그는 나름의 방식으로 자녀를 사랑했을 것이나, 그것이 상대의 성향에 따라 좋지 않은 접근 방식일 수도 있다거나 거부될 수도 있으리란 생각에 다다르지는 못했다. 그래서 어떤 의사 표시는 아버지의 권위에 대한 도전으로 여겨졌고 그는 실망을 분노로 표현했으며 나는 그 분노가 싫었다.

엄마는 자기 성격에 못 이겨 대책 없이 실직 상태에

들어가 버린 남편을 보면서 나름의 불만과 분노와 불안을 키웠다. 그녀의 불안정한 상태는 맏이인 나에게 고스란히 전달됐다. 학원이나 과외를 시켜줄 만큼의 여력은 없다고 누누이 경고했고, 돈을 벌어오는 동안 내가 동생을 돌봐야 한다고 했다. 그녀의 이러한 요구에 따라 나는 책임감을 배웠고, 어떤 불안을 책임 뒤에 감추는 일 또한 습득했다.

모부가 부재하는 동안 어설프게 보호자 노릇을 했던 내 돌봄이 동생에게도 충분하지 않았겠지만, 그 시절 나를 위한 돌봄은 어디에 있었나. 아빠는 의지의 대상이 아니었고 동생은 돌봄의 대상이었으며, 그나마 나를 위한 돌봄을 갈구할 곳은 엄마뿐이었다. 그가(그들이) 감당할 수 없는 책임을 내게 요구하고 있음을 모르지 않았고 그것이 늘 불만이었음에도, 나는 그녀가 내게 보이는 관심이 좋았다(아니면 '필요'했던 것일까?). 집밥을 고수했음에도 때때로 끓여주던 라면이나 우동 같은 것을 먹는 내 모습을 그녀가 신기한 듯이 쳐다보는 것이 그랬다. 며칠 연속으로 김치라면을 끓여달라고 했던 나에게 그걸 오늘도 먹냐고, 또 먹냐던 그녀의 말은 마냥 다정하지는 않았지만, 평소에는 잘 끓여주지 않는 음식을 만들어줌으로써 평소와 다른 친절을 보여주었다. 그때 나는 그녀가 '엄마'라기보다는 '언니'나 '이모' 같다고 느꼈다. 그 당시 내가 '어머니'라는 존재에게 가졌던 이미지는 좀 더 다정하고 희생하고 친구처럼 미주알고주알 하는 것이었는데, 우리 엄마는 그러지 않았으니까. 조금 대하기 어려웠고, 마냥 상냥하지 않았지만, 시니컬한 방식이었을지라도 어떤 관심과 책임을 약간은 공유하는 사이라고 느꼈다. 가깝지만 결코 원하는 만큼 밀착되지 않는 조금은 어려운 관계. '어머니'에 대한 세간의 표상과는 별개로 내가 엄마와 관계 맺는 방식은 그랬다.

집에 가족 중 누가 있어도 늘 위안이지는 않았으니, 내가 단지 '누가 있음' 자체를 필요로 했던 건 아닐지도 모른다. 집에 도착했을 때 누군가 있으면 좋겠다는 갈망은, 누군가 나를 돌봐주었으면 하는 바람의 발로였던 걸까? 내가 동생을 돌보듯(그것이 때로 책임감에서 비롯되는 행동이었을지라도) 나 또한 돌봄이 필요한 존재라는 것을 감각하는 한 방식이었던 걸까? 부모의 역할, 모성, 가족의 책임 같은 말들을 둘러서? 조금은 그랬을 것이다. 그러나 확신할 수는 없다. 맞벌이 가정이 드문 시절은 아니었으나, 주변 친구들의 경우 대체로 아버지가 경제활동을 하고 어머니는 가정에서 자녀를 돌봤다. 친구의 집에 놀러 가면 늘 어머니가 있고 그녀는 자녀의 하교와 동시에 들이닥친 자녀의 친구들에게 떡볶이를 만들어주거나 간식을 내어주고, 요즘 학업은 어떤지 따위의 안부를 묻곤 했다. 그러니까, 내 친구들의 집에는 늘 그들을 기다리는 사람이, 그들을 돌봐주는 사람 '엄마'가 있었다.

다른 엄마들 사이에서 나의 엄마는 늘 '일하는 사람'이었다. 자녀 교육 및 학부모들(학부모 또는 학부형이라 말하지만 사실상 '학모'의 비중이 압도적으로 많았다)과 모종의 사교 활동을 마치고 돌아온 날이면 "엄마가 밖에서 일하면서 자녀가 공부를 잘하기를 바라는 건 욕심"이라는 식의 말에 나의 엄마는 분개했다. 그들의 말은 마치 엄마가 경제활동을 하기 때문에 사실상 '어머니의 역할' 가운데 하나인 자녀 교육이나 돌봄 문제에 손을 놓고 있고 있어서, 내가 어머니의 보살핌을 받는 다른 가정의 자녀들보다 실력 면에서 차등할 수밖에 없다는 이야기처럼 들렸다. 하지만 나는 공부를 곧잘 하는 편에 속했기 때문에 이 말들은 어렵지 않게 '견제'로 치부될 수 있었다. 이런 이야기를 건네 들은 내가 보기에 엄마가 자존심 상해했던 것은 적어도 '내가 아이를 잘 돌보지 못한' 것에 있었던 것 같지는 않다. 그보다는 '내가 일을 하기 때문에 내 아이가 더 좋은 고등학교에 진학하지 못한다고?'에 있었다. 그런 면에서 그녀는 쉬이 '모성-돌봄 이데올로기'에 잠식되는 사람은 아님에 차라리 건강했고, 나는 그녀의 훼손된 자존심을 위해서라도 공부를 더 잘해야 하고 잘할 수 있다고 생각했다. 하지만 이제는 이런 긍정에도 불구하고, 나는 여전히 내가 엄마로부터 '내 능력'을 통해 자녀로서의 몫을 다하는 사람으로 인정받고자 한 것이 아니라, 조금 더 나와 시간을 보냄으로써 나를 알아가

주기를 바랐다는 것을, 그런 의미의 '돌봄'의 수여자 혹은 나를 기다리는 사람이 집에 있어주기를 바랐다는 것을 부정하지 못한다.

이러한 혼란 속에서 나는 엄마의 지론을 두둔하고 증명하는 입장이면서도 그들의 말을 엄마에게 주워섬기 곤 했다. 나도 집에 돌아오면 '엄마'가 있었으면 좋겠다 고. 이 말이 '어머니의 역할'을 한정시킨다는 걸 모르지는 않았지만, 그 말이 뭘 뜻하는 건지 정확히 알지도 못한 채로 결핍을 드러내고자 부려놓았던 조금은 악의적인 표현이었다. 집에 누구든 있었으면 좋겠다. 그런데 그게 아버지나 동생으로 충족되지 않았던 건, 내가 얼마간 세간의 이상화된 기준의 '어머니'의 모습을 보여주기를 바란 이데올로기적 이상향을 엄마란 존재에게 투영했기 때문이었을 것이다. 나 자신이 누군가의 애정 어린 시선과 응원, 온전히 나를 위해 기다리는 누군가의 다정 같은 것들을 바라는 청소년이었고, 그것을 다름 아닌 엄마와의 관계에서 충족할 수 있으리란 기대를 걸었기 때문일 것이다. 엄마가 내게 보인 어떤 종류의 관심 같은 것을 나 또한 원했고, 밀착된 관계 안에서 나의 내밀한 부분을 가장 공유하고 싶던 이가 그녀였기 때문에.

비 오는 날은 이런 돌봄과 애정에 대한 결핍이 더 크게 느껴지곤 했다. 아파트 단지 인근에 학교가 있었고 비가 오는 날이면 수많은 보호자들이 우산을 들고 교문 근처로 마중을 나왔다. 내 모부는 하교 시간 무렵엔 대체로 부재했기 때문에 마중 나올 일은 거의 없었는데, 혹여 집에 있는 때라도 우산을 들고 교문에 있었던 적은 없었다. 그들 딴에는 비 정도는 맞아도 괜찮고 집도 멀지 않았기 때문에 후다닥 뛰어와도 괜찮으리라 생각했을지도 모른다. 그 말이 틀린 건 아니다. 때로 교복을 흠뻑 적실 만큼의 비가 내릴 때도 있었지만 비 좀 맞는 게 대수로운 일은 아니니까. 하지만 마중을 오지 않을 때 '비 맞고 오는 거 꽤 즐거우니까'라는 핑계를 댔다든가, 아니면 또 다른 무엇이라도 잘 설명이 되었다면 좋았을 것이다. 내가 느낀 어떤 고독감과 결핍은 나를 보살피는 사람이 있다는 것을 느낄 기회가 별로 없었다는 데서 비롯되었고, 그건 '돌보는 사람'의 이상적인 모습과는 무관하게 내가 사랑하는 사람에게서 느낀 좌절과 그로부터 온 고독이었던 것 같다.

비가 엄청나게 쏟아지는 어느 날, 나는 집에 누가 있고 없고와 무관하게 이미 결정된 '뛰어가기'라는 선택지 앞에서 잠시 망설였다. 집까지는 뛰어가면 10분 정도였다. 보통은 뛰지도 않고 손으로 가리지도 않고 터벅터벅 걸어가 적막한 집 문을 열고 들어가 또렷한 침묵 속에 휩싸였을 테지만, 그날은 어처구니가 없어 웃음이 날 정도로 비가 쏟아지는 중이었다. 뛰어갈 수밖에 없겠다고 마음을 먹긴 했지만, 야, 이렇게 비가 올 수가 있나, 이런 비를 이렇게 아무것도 없이 맞아볼 일도 별로 없겠다, 그냥 뛰어가든 뭐로 비를 막고 가든 별 차이도 없겠다 싶어서 마구 뛰어갔다. 기분이 썩 나쁘지 않았고 아무도 없는 집에 도착해서도 비실비실 웃음이 비어져 나왔다.

종일 가을비가 내린 오늘 낮, 한 초등학생이 우산을 들고 짧은 횡단보도에서 혼자 신호를 기다리고 있었다. 그 아이는 외로워 보이지 않았지만. 엄마에 대한 이야기면서 돌봄에 대한 이야기, 유독 외롭고 적막했던 청소년 시절의 마음에 대한 이야기가 끌려 나온 까닭이다.

그녀에게 바라는, 그녀는 가지지 않은 것

싫어하는 것

약속을 지키지 않음. 약속이 지켜지지 않는 것에 대해서 설명하지 않음. 제대로 양해를 구하지 않음. 대충 알아들었겠거니 여기면서 확실하게 말하지 않음. 감정을 헤아리지 않음. 해야 하는 것들에 대해서 말하지만 자신은 실천하지 않음. 상대의 말에 귀 기울이지 않음. 비 올때 데리러 오지 않음. 어딘가 같이 가지 않음. 해야 할 것혹은 하지 말아야 할 것에 대해 그 이유를 (충분히) 설명해 주지 않음. 책임감을 미덕으로 말함.

중요하게 생각하는 것

약속을 지키는 것. 약속을 지키지 못했을 때 이유를 잘 설명하고 양해를 구하는 것. 감정을 헤아리는 것. 귀찮을 만한 일을 같이 하는 것. 같이 뭔가 하자고 하는 것. 비 올 때 마중 가는 것. 책임감을 가지는 것.

피곤하게 느끼는 것

약속에 사로잡히는 것. 잘 말해야 한다고 생각하는 것. 다른 사람의 반응을 살피는 것. 뭔가를 꼭 '같이' 하고 싶다는 마음. 책임감을 '가져야' 한다고 생각하는 것. 마중을 '가야' 한다고 생각하는 것.

✝

비가 오는 어느 날, 나는 집에 있는 사람 중 누군가가 마중 와주기를 바랐지만 누구도 흔쾌히 그러려고 하지 않았다. 왔어도 꼭 싫은 소리를 들어야 했거나(동생), 결국은 별다른 이유도 없이 '그냥' 오지 않겠다고 해서(엄마) 마음이 상했다. 반복된 거절의 경험에도 불구하고 나는 비 오는 날이면 괜스레 집에 전화를 걸어 오늘은 누군가 나오지 않을까 기대했고 혹시나 하는 마음을 또다시 거부당하면서 매번 더 깊게 상심하게 됐다. 이 경험은 훗날 누군가에게 싫은 소리를 듣거나 거절당할 수도 있는 상황에서 겉으로는 아무렇지 않게 보이도록 하는 높은 표면적 역치를 흉내 낼 수 있게 만들어주었다. (그리고 동시에 하릴없는 상실감이 떠밀려 오게 만들었다.)

늦은 아침 등굣길이나 늦은 밤 하굣길도 '이유 없는 거절'의 범주에서 벗어나 있지 않았다. 나는 자주 지각하거나, 자주 데리러 오라고 말하는 아이는 아니었다. 꼭 나를 데리러 와야 하는 이유 없이는 오라고 하지 않았는데, 그건 괜히 싫은 소리를 듣고 싶지 않았기 때문이었다. 비가 너무 많이 와서, 시간이 늦어서(혹은 지각해서), 야자를 한 어느 날은 너무 피곤해서. 하굣길에 나를 데리러 와주기를 바랄 때는 적어도 하루 전이나 아침에는 이야기했고 꼭 오라는 신신당부를 하고서야 학교에 갔다. 나를 데리러 올 만한 이유가 있고, 미리 설명했고, 그러마 하고 약속했으면 지켜져야 마땅했다.

'해야 하는 것'과 '마땅한 이유' 사이에 놓여 있는 진심은 사실 '꼭 그럴듯한 이유 없이' '그냥 같이 함'에 있다. 이유 없이 나랑 무언가 귀찮은 일을 하는 게 좋으니까 한다는 것에 대한 기대. 하지만 이런 바람을 거의 충족시켜준 적이 없는 상대에게 지속적으로 같은 것을 바라게 된다는 것이 아이러니였다. 말하자면 결핍은 타인에 '의해' 발생한 것이 아니라 타인에 '기대어' 만들어지는 내 것이었다.

나는 결핍을 내 어머니에 기대어 만들었다. 정확히

는 '대타자 어머니'라고 해야 옳다. 어린 시절 아버지는 내게 믿을 만한 사람이 못 되었고(대체로 호통치는 사람이 었기 때문에), 아내와 아이를 존중하는 모습을 보이지는 않아서 뭔가 부탁하고 싶지 않았다. 그래서 아버지는 내가 욕망하는 대상에서 탈락했고, 거기에 엄마가 자리했다. 엄마는 그다지 다정한 사람이 아니었는데, 적어도 내기억에서는 그랬다. 아침잠이 많아 지각을 밥 먹듯 했던 동생은 도보 10분 거리에 있는 학교에 차로 데려다주어도, 내게는 비가 많이 오니 하교할 때 데리러 가겠다고 아침에 진작 약속을 해놓고도 정확히 '비가 많이 와서' 데리러 가지 못한다고, 하교 직전에 통보하는 사람이 엄마였다. 이유는 '충분히'는커녕 설명조차 되지 않았고, 집 앞버스 정류장으로 데리러 오는 일도 일어나지 않았다. 부당했다. 우산을 써봐야 의미도 없는 날씨에 피곤에 절어축축해진 채 돌아와서는 '당신은 약속도 지키지 않는 사람'이라는 말을 내뱉고는 방문을 닫아버렸다. 마침 와 있던 큰이모는 나를 달래겠다고 내 방문을 열려고 하다가 내가 한사코 들어오지 말라고 문을 막아버리자 기막혀했다. 다른 가정의 눈에는 보이지 않는 이 집만의 사정이 있는 법인데도. 아무것도 모르면서 나를 달래려고 하는 이모도 싫었고 사과도 설명도 하지 않는 엄마도 싫었다.

　매번 실망할 것을 알면서도 데려다줄래, 데리러 올래, 뭔가 같이 할래 물어보는 이 결핍은 어디에서 온 걸까? 심지어 뭔가 했을 때 딱 마음에 들게 좋았던 적도 별로 없는데. '아이는 엄마와 시간을 보내며 사랑을 많이 받으며 커야 해'라는 주변의 말을 외로운 마음에 주워섬기면서 만들어진 결핍일까? 그렇다 해도 반복되는 거절 속에서 결핍을 키워간 지난날의 나를 지금의 나까지 힐난하고 싶지 않다. 자신이 만든 결핍이 앞으로 다른 사람들과의 관계 속에서도 중요한 기준으로 작동한다는 걸 그땐 몰랐지만, 그래도 그런 결핍은 당시의 내게 반드시 필요한 것이었다. 적어도 내가 이유도 모른 채 겪는 상심을 달래기 위한 강구책이었을 것이다.

*

싫어하는 것, 중요하게 생각하는 것, 피곤해하는 것의 목록에 큰 차이가 없는 것은 그것이 모두 사실이기 때문이다. 내게 결여된 것으로 만든 어떤 목록은, 그것이 결핍으로 수행되었을 때 '싫어하는 것'이 되고, 다른 사람과 관계를 맺고자 함에 있어선 '중요하게 생각하는 것'이 되며, 동시에 그것을 끊임없이 외부의 관계로부터 갈구하는 내게는—타인으로부터 구해질 수 없다는 걸 알고 있기 때문에—'피곤해하는 것'으로 분류된다. 어쨌든 내가 만들어낸 나의 결핍이고, 최초로 결핍을 갈구한 대상의 이름을 따 '어머니 대타자 결핍'이라 부른다. 아무튼 난

이것으로부터 좀 독립하고 싶다.

＊

'어머니 대타자'로부터 오는 관계의 결핍과 결별하기 위해, 이 결핍이 외부를 통해 해소될 수 있다는 믿음 또는 환상과 작별해야 한다. 그러고 나면 이 결핍은 때로 위로받기도, 그렇지 않은 채로도 온전히 내 것으로 독립될 수 있을 것이다. 엘리슨 벡델의 그래픽노블《당신 엄마 맞아?》에는 벡델이 원하는 것을 주지 못한(않는) 어머니가 등장하고, 그런 어머니에게 끝없이 기대를 거는 벡델이 등장한다. 그녀는 어머니가 결코 자기가 원하는 걸 주지 않음에 좌절하고 또다시 기대하는 일을 반복한다. 그러다 상담사와의 대화에서 문득 깨닫는다. 어머니에게는 자신이 바라는 것이 존재하지 않음을. 그녀는 어머니가 가지지 않은 것을 오랫동안 어머니에게 갈구했다. 이 판단에 이를 때, 그녀는 어머니로부터 조금 해방되는 것 같다.

어쩌면 모부로부터 가지게 되는 방어기제 혹은 결핍은, 어떤 것이 충족되는 경험을 했다가 그다음부터 그것이 충족되지 못하면서 생기는 게 아닐지도 모른다. 내내 어떤 것이 비어 있다는 걸 모르다가 주변의 요구에 따라 그것이 충족될 수도 있음을 알게 되면서 어떤 것이 비어 있음을 알게 되는 것은 아닐까? 그러면서 그것이 채워지길 바라기 시작하는 것이다. 한 번도 충족된 경험이 없는데도 그것이 충족될 수도 있음을 알게 되면서 바라기 시작하는 것. (이 '바람'은 누구의 것일까?) 한사코 해주지 않은 것—이것이 곧 모부가 한 것, 결핍-한 것이다—을 해주기를 바랄 때 결핍이 탄생한다. 당연하게도 '그에 대한 결핍'이 '그'로부터 채워질 수는 없다, '어머니가 가지고 있지 않은 것'을 오랫동안 어머니에게 바라왔다는 걸 깨달았다는 백델의 말처럼.

처음부터 해답을 가지지 않은 사람에게 바랐던 어떤 '결핍'을 또 다른 사람을 통해 해소할 수 있을까? 만약 그런 것이 가능했다면, 또 다른 타인과의 관계에서 어떤 것은 '결핍'으로 인지되지도 않았을 것이고, 그것이 충족되었다는 사실 또한 인지하지 못할 것이다.

하물며 결핍의 발원지조차 가지지 못한 해결책을 남이 가지고 있을 수 있나? 그런 경우라면 충족이든 부족이든 이미 느껴지지 않을 것이며, 비슷한 결핍을 만들어내는(혹은 상기시키는) 사람과의 관계에서는 더더욱 충족될 수 없는 문제다. 결핍은 강하고 끊임없이 되살아난다. 완전히 죽일 수는 없으므로 지나치게 뻗어나가 뭔가를 잠식시키지 않도록 다듬어야 한다. 가지치기를 하고 분갈이를 해주듯. 결핍은 본래 질긴 것이지만 내가 돌보지 않는다면 좁은 울타리에서 무한 증식할 뿐이다. 가득

이나 자가 증식하는 결핍을 더 빠르게 배양하는 관계는, 그러므로 좋다고 할 순 없다(같이 질식할 뿐이다).

오늘만큼 살아 있다

가장 곤란한 문제는 내가 '나'인 상태에서 벗어날 수
없다는 것이다.

자살하는 사람은 특정한 상황에 의해 스트레스를
받거나 핀치에 몰리면 그 상황을 벗어나야겠다고 생각하
는 것이 아니라, 삶을 마쳐야겠다고 생각하는 경향이 있
다고 한다. (아마도 《자살에 대한 모든 것》에서 읽은 것 같
다.)

그런데 이런 생각의 회로는, 과연 특수한가?

자살자의 사고思考가 얼마만큼 건강한지, 합리적인
지의 문제로만 볼 수는 없을 것 같다. 경험에 비춰보건대
자살자의 사고가 '특수한 사람의 그것'은 아니라는 것이

다. 내가 이야기하고 싶은 건 어째서 그런 사고에 도달하게 되는가다.

인생이 시간을 보내는 일일 뿐이며 내 마음대로 되지 않는다는 것은 수도 없이 되뇌어 온 사실이지만, 어떤 감정도 담지 않고 (특히 부정적인 감정을 담지 않고) 그 사실을 받아들이는 건 다른 문제다. 내가 왜 지금 이딴 상황에 도달했는가를 생각할 때 떠오르는, 내가 어쩌지 못하는 타인의 우연한 개입 같은 것들. 그것은 그때나 지금에나 손쓸 수 없는 일이지만 바로 그 '손쓸 수 없음'이 나를 하염없이 무력하게 만든다. 내가 일구려고 하는 방향대로 인생이 흘러가지 않는다는 것을 받아들이는 것은 생각보다 많은 일들이 '내가 노력한 것'과는 상관없이 주어지거나 흘러간다는 것을 의식하는 일이다. 그래서 나는 얼마간 '내가 하고자 하는 일'에 도달하는 게 자신의 의지와 흥미만으로 긍정하며 갈 수 있는 일인가 하는 생각을 멈출 수 없게 되었다.

이를테면 글을 쓰는 일.

한 선생이 "누가 시켜서 하는 일도 아니므로 우리는 자신이 하고자 하는 일을 조금 더 즐겨 해도 좋을 거"라고 말했을 때, 그때 그 말은 나에게 힘이 되었으며 삶을 기대하게 만들었다. 지금은 잘 모르겠다. 누가 시켜서 하는 일이 아니라고 해서 '흥미'와 '사랑'과 '애정'만으로 지속할 수는 없는 법이니까. 더욱이 그것을 업으로 삼고 있는 한 그렇다. 사랑과 애정으로 행하는 어떤 종류의 일이라도 노동의 범주에 걸쳐질 수밖에 없다면, 고갈을 피할 수는 없다. 하다못해 애정으로서의 '노동'을 지키기 위해 얼마간은 기계적으로 일을 '해치운다'고 치자면, 최소한 제대로 돈을 받고, 내 업무로 주어진 것을 수행할 수 있어야 하지 않나 싶다…… 그런 것도 내가 '하고 싶은 일'을 '업'으로 삼으며 내가 기대하는 것인데! 마치 사람들은 '하고 싶은 일'을 하면 생계 따위야 좋을 대로 갖다 바친 게 아니냐고 생각해 버린다. (아닌데요.)

　　무엇에 의미를 부여하면 좋을까? 가끔 잠들다 죽을 수 있다면 내일은 눈뜨지 않아도 좋다고 생각했다. (보통은 이런 걸 '호상'이거나 '돌연사'라고 하겠지만, 그 둘은 지나치게 가까운 게 아닐까?) 황정은의 소설 〈낙하하다〉에는 자신의 '장래희망'은 철이 되면 제철 과일 같은 것을 먹고 천재지변에 휘말리거나 병치레를 하지 않고 '잘' 죽는 것이라 하던 한 인물이 있었다. 그 이야기를 들은 소설 속 누군가는 호상을 꿈꾼다고 했던가. 지나치게 대단한 것을 바란다고 했던가. 살면서 가진 꿈이 소박했는데, 죽으면서 가질 소원이 좀 크면 안 되는 건가? 지금까지 해결해야만 하는 (해결하지 못하면 당장 죽는 게 더 나을 만한) 특정한 사건은 없었고, 살아온 시간 내내가 사건이라면 사건이었다. 무사無事한 나날이었던 만큼, 이 무기력과 우울의 원인은 스스로에게 있었다.

사회의 인정, 내적인 인정, 안정적인 관계, 충분한 소득. 이런 것이 없어서 지금의 삶을 문제라고 여기는 걸까? 아마도, 그럴 것이다. 내가 아껴온 일이, 마음을 써온 일이 내가 필요로 하는 것 가운데 어떤 것 하나 도래하리라 약속해 주지 않을 수 있다는 사실이 나를 불안하게 만든다. 그렇지만 그런 것들이 어째서 나에게만 충족되어야 할까.

그럼 내적 동력이 부족한가? 어쩌면, 그렇다. 내적 동력은 어떤 것이 충족되지 않아도 내가 이것을 함으로써 그 자체로 좋은 것을 의식하는 일이다. 그렇다면 나는 결코 그 상태에 도달하지 못할 것이다. 돈이라든지, 경력이라든지 그런 걸 좀 덜 중요하게 여기면서도 뭔가를 그저 좋아서 하는 사람도 있다지만, 잘 생각해 보면 분명히 그걸 지속할 수 있게끔 만드는 어떤 외부적인 개입이 존재하고 그것이 내적 동력을 추동하고 있을 것이다. 사람이라든지, 텍스트에 대한 경험이라든지, 동경의 대상이라든지, 그 모든 걸 하는 자기 자신에 대한 애착이라든지…….

한 친구는 좋아하는 일은 업으로 삼기보다 그것에 돈을 쓸 수 있을 때에야 비로소 진정으로 좋아하고 오래 즐길 수 있는 것 같다고 말했다. 친구 말이 맞다. 한데, 이미 업으로 삼아버리고 나자 그것에 돈을 쓰는 게 즐겁지 않게 되었다. 이제 어떻게 하면 좋지?

아마 나는 내가 원했던 이 일을 하지 않음으로써 당장의 고통에서 벗어날 수 있겠지만, 동시에 내가 이 일을 하지 않음으로써 그 고통에서 완전히 벗어날 수 없을 것이다. 나는 이 일에서 끝을 보지 않았다는 사실 때문에 괴로울 것 같다. 그렇지만 끝을 본다는 건 어떻게 알 수 있지? 이런 상태로는 아직 끝이 아닌가? 끝을 꼭 보아야 할까? 그것을 꼭 '지금' 봐야 할까? 게다가 다른 일을 한다면 이런 생각으로부터 자유로워질 수 있을까?

그럴 수 없을 것 같다.

글 쓰는 일을 지속하는 이유는 이것이다. 그 어떤 것을 해도 만족하거나 즐거울 수 없을 것 같다는 생각. 뭘 해도 좋을 것 같지 않다는 게 '역시 글쓰기가 제일 좋다'는 뜻은 아니다. 물론 이 생각은 바뀔 수도 있을 것이다.

이만하면 뭘 하든 '하는 것 자체'를 좋아한다고 볼 수 있지 않을까라든지, 꼭 좋아서 해야 할 필요는 없을지도 모른다든지, 그러니까 뭘 하든 잘할 것이라든지, 아니면 역시나 돌이켜 보니 애증이라 할지라도 글쓰기가 제일 좋았다든지. 그 어떤 것도 좋아할 수 없을 거라는 마음이 바뀌기를 나는 조금 바라고 있다.

내가 나이기 때문에, 나는 이런 생각을 물어나가는 사람이기 때문에, 이것을 거듭 메타적으로 의식하는 사람이기 때문에, 이런 고통 속에 내가 존재하는가? 그렇다면 이 고통은 자신이 되는 것에서 벗어나거나, 자신을 삭

제함으로써 끝날 것이다. 오늘은 오늘대로 고통스럽고 또 그런 와중에도 틈틈이 성취감을 얻고 간혹 즐겁기도 했으나

오늘도 참 고통스러웠고 인내한 자신이 자랑스러우며 얼마간 즐거웠고, 이대로 자다가 내일 눈뜨지 않을 수 있다면 그것으로도 좋겠다.

매일 딱 하루만큼 살아 있는 것을 목표로 할 때가 있었다. 나는 내 목숨을 해치기 위해 그 어떤 것도 실제로 시도하지 않는다. 나는 겁이 많고 아픈 것이 싫고 죽는 것이 무섭다. 이 또한 내가 나이기 때문에 맞닥뜨리는 곤란인 한, 나는 어떻게든 딱 이 시간만큼은 좀 덜 고통스럽게 살아 있기 위해 아무튼 간 노력은 한다. 그 '노력'이라는 게 날 미치게 만들긴 하지만. 먹고 싶은 것도, 보고 싶은 것도, 하고 싶은 것도 없을 때는 더 그렇다. 만나고 싶은 사람이 있고, 원하는 것이 있을 때도 그렇다.

자신을 잘 견딜 수 있어야 한다. 이런 '못 견딜 것 같은' 상황을 잘 숨기는 것보다 잘 드러내는 일이 더 중요한 것 같다. 어떻게 잘 드러낼 수 있을까? 우선은 이것을 고민하면서 오늘만큼 살아 있다.

과자의 시간

　지금에야 과자는 군것질거리 정도고 그리 좋아하지
도 않지만, 어렸을 때는 매일 물고 다니던 것이었음에도
좀 특별한 때 먹는 간식으로 기억된다. 어렸을 때 어린이
과자 선물 세트라는 게 있었다. 소포장된 과자가 종류별
로 들어 있고 사탕, 젤리 따위가 담긴 커다란 상자였다.
명절이 되면 집에 방문한 친척 어른들이 선물로 주곤 했
는데, 특히 아빠의 남동생이 자주 그랬다. 나는 오랫동안
그를 무서워했는데(내 동생도 그랬다) 그 무서운 사람이
명절만 되면 과자 선물 세트를 사주겠다며 집 앞 슈퍼에
가자고 말하면 선뜻 응하지 못하면서도 당장 따라 나가
고 싶은 매혹에 휩싸였다.

약간 갈등하는 척하다 속절없이 따라나선 동생과 나에게 인당 하나씩 선물 세트를 손에 쥐여준 것은 아니어서 박스를 뜯으면 우리는 좋아하는 과자를 먼저 찜하기에 바빴다. 내가 재빨리 고른 과자는 주로 초코칩이나 감자칩이었다. 특별히 경쟁할 것 없는 평범한 과자였지만 상자 안에 들어 있는 다른 과자, 이를테면 콘칩이나 새우깡, 맛동산이 인기 있던 과자가 아니라서 상대적으로 인기가 있었던 초코칩과 감자칩이 경쟁의 대상이 됐다. 그때 동생이나 친척 오빠는 뭘 골랐었나. 아무래도 초콜릿이 올라간 과자였겠지. 딱히 탐내던 과자가 아니었어도 우르르 쏟아놓고 누군가 재빨리 낚아채면 '남의 손에 들어간 바로 그 과자'가 내가 가장 먹고 싶었던 과자가 되곤 했다. 친척 오빠는 손이 빨랐고 나는 종종 친척 오빠와 편을 먹었기 때문에, 손이 느리고 제일 어린 동생만 발을 동동 구르며 울었다. 조금은 동생의 편을 들어줬다면 좋았을까.

삼촌이 집 앞 슈퍼에 가자고 하면, 이번엔 무슨 과자를 사줄까 들뜨고 긴장됐다. 삼촌은 무뚝뚝하고 차가운 사람이었다. 어린 시절엔 온통 그가 무서웠던 기억뿐이라서 명절마다 모부는 사주지 않는 과자를 사준다는 게 좋으면서 이상했다. 무엇 때문에 무서운 사람이라 각인됐는지 그때도 지금도 잘 기억나지 않는다. 어린 시절의 일이라 잊혔다기보다는 원체험은 밀봉되고 '무서움'이라는 감각만이 생생하게 남아 그를 경계하게 됐다. 누군가를 무서워한다는 건, 구체적으로 원인을 알지 못한 채 대상을 마주할 때 강렬히 다가오는 느낌이었다. 과자를 사주던 시절에서 약 10년 정도 지난 뒤에 그는 어릴 때 무섭게 대해 미안했다며 용서를 구했다.

명절의 과자는 명절이라는 특별한 날에 특별히 받을 수 있었던 것이어서, 평소엔 금지된(실제로 금지되지 않았지만) 뭔가를 승인받은 것 같은 일탈이랄지 쾌락이었다. 무서운 삼촌이 사주는 과자 보따리는, 무섭지만 거절하기 어려운 쾌 같은 것을 불러일으켰다. 나는 삶에서 두렵고 무서운 일을 겪으면 피하는 대신 가만 지켜보다가 이상한 두려움에도 불구하고 그걸 따라가 기어코 그 끝에 뭐가 있는지 보고 싶다는 욕망에 유혹당했다. 두려움을 잠깐만 참으면 과자 한 보따리가 기다리고 있어서였나. 그저 감각적인 쾌가 아니라도, 심지어 그다지 좋아하지도 원하지도 않으면서 마치 처음부터 그것을 갈구했다는 듯이 느껴질 뿐인 가짜 욕망일지라도, 마침내 열어볼 수 있는 선물 상자가 기다리고 있어 그랬나.

사실 과자 선물 세트에는, 크기와 상관없이 막상 열어보면 원하는 과자는 별로 들어 있지 않았다. 무서움과 두려움의 끝에 놓여 있는 것이 김샐 정도로 별거 없는 선물 상자라면, 오랜 두려움의 결말이 무섭게 대해서 미안하다는 말을 하는 게 민망하고 두려워서 은근슬쩍 전하는 어른의 보잘것없는 사과였을 뿐이라면……. 꽤 오랜 시간 그걸 지켜볼 만한 가치가 있었다. 그 '보잘것없음'이 오랜 시간 동안 지녔던 마음의 긴장을 약간은 가시게 했고 그건 선물 상자를 개봉하고 실망한 마음으로 도달하는 허무와 평안이었을 테니까.

요즘엔 어린 날의 나처럼 무서움에 보상받듯 과자를 기다리지 않는다. 여전히 과자를 자주 구매하진 않지만 센베이를 한 봉지 사서 찬장에 넣어두면, 거기에 있다는 사실에 마음이 좀 든든해지는 식으로 과자를 찾는다. 과자를 눈에 보이는 데 두지 않으면 찬장에 몇 달이고 들어 있게 되지만. 맥주를 마실 땐 여러 종류의 감자칩 앞에서 오늘은 어떤 감자칩을 먹고 싶은지 한참 동안 고민한다. 아마 편의점 직원은 도대체 뭘 저렇게 고민하나 싶을 것이다. 한참을 서서 고민해 놓고 고작 가져오는 게 과자 한 봉지라면 더 황당할 것이고. 최근에는 새서미 감자칩이 너무 맛있어서 고민을 좀 덜 하게 됐는데, 그걸 사러 가서도 어쩐지 다른 과자 앞에서 고뇌에 빠진다. 별로 먹고 싶었던 것도 아닌데 왜 그런 걸까? 어느 날은 제과점 쿠키를 한 봉지 사서 식사 후에 꼭 한두 조각을 우유에 찍어 먹는다. 세 조각은 먹고 싶지 않은데, 왠지 간식이 아니라 식사가 되어버리는 것 같아서 그렇다. 모처럼 시장에 간 날은 다 먹지도 못할 것 같은데 하면서 오란다 한 봉지를 사서 이틀 만에 먹어치우고 나 과자 좋아하네, 나 과자 잘 먹네 하고 뿌듯해한다.

　전과는 좀 다른 이유로 과자를 사는 데 고민하고 망설이는 일은 여전히 지속 중이다. 무언가 두려운 것이 손 내미는 이상한 매혹에 시달린 끝에 손에 쥐는 달콤한 것은 더 이상 아니지만. 이 끝에 뭐가 있을지를 더 이상 실험하지 않고, 시시하고도 분명한 쾌락을 담보하는 것이 찬장에 있고 이 시시한 것 하나를 고르는 일이 단순히 나의 소소한 만족을 위함에 열과 성을 다하면서. 과자를 손에 넣고 입에 집어넣기까지의 두려움만을 느끼지는 않은 채로.

먹는 일

　수업을 마치고 밤늦게 돌아왔다. 서둘러 짐을 싸야
하는데…… 한참을 누워 있다가 주섬주섬 물건을 담았
다. 여름에는 땀이 많이 나고 해수욕도 할 거니까 머무르
는 일수보다 많은 옷을 준비하는 게 좋겠지. 작은 캐리어
로는 안 될 것 같고, 주렁주렁 드느니 한 손에 드는 게 나
으니까 큰 캐리어를 꺼냈다.
　운전을 한 이후 혼자서는 처음 가는 속초. 속초는 문
자 그대로 제2의 고향인데, 내가 살았던 곳은 아니나 할
머니의 고향이자 엄마의 고향이고, 나에게는 방학 때면
어김없이 가는 곳이었다. 아빠가 운전하는 차를 타고 새
벽같이 출발하거나, 엄마와 고속버스를 타고 가거나, 친

구와 차를 몰고 간 적은 있었지만 혼자 트렁크에 캐리어 하나 달랑 넣고 떠나는 속초라니. 오랜 기억이 있는 곳에 운전을 해서 가게 될 때 격세지감을 가장 크게 느낀다. 보호자의 손을 잡고 드나들었던 미성년 시기의 속초행을, 이제는 자가용을 몰고 혼자서 가게 되었다니. 성장이란 '해주는 사람'을 찾느니 스스로 그런 사람이 되어버리는 일인지도 모른다.

가평 휴게소에는 사람이 들끓어서 밥 먹을 테이블조차 찾기가 어려웠는데, 여기는 들를 때마다 이 지경이다. 지난번 원주에 갈 때도, 대전에 갈 때도 가평은 왜 이리도 사람이 많은 건지. (사실은 답을 알고 있다. 수도권에서 한 시간쯤 거리에 있는 휴게소이기 때문에 '휴게소' 기분 내기에 이만큼 좋은 곳이 없다.) 도저히 자리를 잡을 자신이 없어 찐만두를 샀다. 식당가에서 떨어진 길목에 위치한 만둣집은 한산해 보였다. 번호가 불리자 어디선가 아줌마, 아저씨들이 슬그머니 등장해서 만두를 서너 팩씩 사 가는 걸 보고 속으로 '역시, 제대로 골랐군' 하며 안도했다.

아주 오랫동안 내게 '어른'의 기준이란 혼자 밥을 먹을 수 있느냐 없느냐였다. 밥을 먹는다는 것은 한국 사회의 오래된 교육제도 안에서 '같이' 하는 것이었다. 아이들 사이에서 누군가가 '단독자'가 되는 것은 오랫동안 '비정상'으로 교육되어 왔다고 생각한다. 두서넛씩 짝지어 활동해야 할 때 '같이 하자'고 말하거나 말 건네오는 사람이 없다는 것에 대한 불안, 수학여행이나 소풍을 갈 때 고속버스 옆자리에 같이 앉자고 말할 사람이 없어서 혼자 앉아야 한다는 것에 대한 스트레스, 중고등학교 급식 시간에 얼굴을 맞대고 밥을 같이 먹자고 할 무리가 없다는 사실이 다른 애들에게 어떻게 비춰질 것인가에 대한 우려. 아무도 '친한 사람' 무리와 하라고 말한 적은 없지만 모두들 그런 활동 안에서 자신의 영역을 설정하고 견고하게 만드는 일을 도모했다. '같이' 하는 생활 활동이란 한 번도 같이 뭘 안 해본 급우와도 어떤 걸 해보기가 아니라, 매번 무언가를 같이 하라고 할 때 기꺼이 같이 할 수 있는 협소하고 폐쇄적인 관계를 구축하고 그로부터 안정성을 학습하는 일로 작동하곤 했다.

　　얼굴을 맞대고 급식을 먹는 일도 그랬다. 밥은 혼자 먹을 수도 있고 누군가와 얼굴을 맞대고 먹을 수도 있다. 게다가 궁극적으로는 같이 둘러앉아 있어도 먹는 행위는 단독자의 일일 수밖에 없다. 그런데도 '같이' 먹는 것은 '정상적 사회생활'의 중요한 지표였다. 혼자 밥 좀 먹는 걸 가지고 웬 유난이냐고 생각할지도 모르지만, 그거야 한 공간에 있을 뿐 대체로 일 자체는 혼자 하는 '어른'의 경우에나 그렇다. 하루의 절반 이상을 한 공간에 있으면서 뭐든 '같이' 할 것을 학습하는 청소년에게 밥 먹기란 어른의 일과는 전혀 다른 사회생활이다. 우리는 사회생활을 거치면서 은연중에 '밥 같이 먹기'의 폐쇄성을 학습하고 낭만화한다. 같이 먹는 행위가 혼자 먹는 것보다 좋거나 더 나은 것으로 여겨져서가 아니다. 차라리 평범하고 보통의 일이라고 할까. 바로 이 점이 문제가 된다. 같이 먹는 것이 '보통의 일'이기 때문에 같이 먹지 않는 일이 보통이 아닌 일이 되어버린다. 어느 날부터 혼자 먹기 시작한 학생을 통해 뭔가 '문제'를 발견하는 교사의 시선이나, 늘 혼자 먹는 애에게서 '문제'를 읽어내려고 하는 학교의 사회생활 같은 것은 이 점을 잘 보여준다.

　학교에서 시시때때로 벌어지는 '같이'의 '문화'(이데올로기)를 거부할 도리가 학생에게는 없다. 학생에게 학교라는 사회는 직급이 뚜렷하고 각자 일하고 능력대로 평가받는 곳이 아니라 단체 활동을 통해 사회성을 학습하고 타인의 시선으로 자신을 바라보는 일을 연습하면서 해당 공간에서 일어나는 모든 일을 복수複數의 시선으로 보는 것이기 때문이다. 혼자 이상한 애가 되지 않으려면 같이 먹는 게 즐겁지 않아도 같이 먹고, 여러 활동에 짝지을 친구를 만들어야 하는데 그게 여간 어려운 일이 아니다. 같은 학교에 모인 애들이 부모가 인근 지역에 거주지를 마련했다는 이유가 아니고서야 무슨 대단한 공통 목적이 있어서 그곳에서 만나게 되었겠는가. 이다지도 우연히 조성된 공간에서 기꺼이 '같이'의 가치를 수행할 동료를 찾는 일은 어지간해서 쉬운 일일 리가 없다.

　'혼밥'이 하나의 개별성을 존중하는 문화로 정착한 것은 꽤 최근이다. 〈빅카인즈〉 검색 결과에 따르면 주요 일간지에서 혼밥이 처음 등장한 때는 2014년이다. 이때 혼밥은 문화가 아니라 일종의 '사회현상'으로 이해되었다. 가령 여성 1인 가구의 증가와 더불어 혼밥이 일상화된 현상을 지적하며 공식共食의 부활을 주장한다든가[4], 화장실에서 혼밥 하는 사진이 화제가 된 그즈음 학교생활에 적응하지 못하고 스펙 쌓기를 위해서 점점 고립되는 대학가의 한 풍경으로 청년 혼밥[5]이 조명되었다. 혼밥이 하나의 취향이자 세대의 특수성으로 인지되기 이전, 혼자 밥을 먹는다는 것은 이처럼 사회의 위기를 지시하는 하나의 지표이자 '문제적 상황'으로 인식되었다.

　개인이 공동체에 기대지 않고 자기 앞가림을 하는 것에 압박을 받는 지표이자, 1인 가구의 급증과 그에 따라 개인화되어 가는 사회에 대한 우려의 한 형태로 혼밥은 처음 이해되었다. 분석가의 관점에서만이 아니라 실제 청년 당사자의 경우에도 혼밥은 오랜 시간 공교육을 통해 하나의 '정상적 사회인' 이데올로기를 학습했음에

4　강순주, "당신은 누구와 밥을 먹는가", 《서울신문》, 2014년 12월 4일.

5　조건희, 홍정수, "화장실서 혼자 밥먹는 대학생들", 《동아일보》, 2014년 3월 18일; 황상진, "취업 위해 '혼밥' 먹는 청년들", 《한국일보》, 2014년 2월 17일; 김양희, "대학생들의 내마음 보고서 '안녕 못한 청춘'"《한겨레》, 2014년 1월 20일.

도 불구하고 그 이데올로기를 제대로 소화하지 않은 자신에 대하여 '아웃사이더'와 같은 자조적 자의식을 내비치는 행위로 인식되었다고 봐야 할 것이다. '같이'를 문화가 아니라 하나의 '규범'으로 학습해 왔던 세대에게 어른이 되어서 마주해야 하는 혼밥의 현실이란 이토록 혼란스러웠다. 친구도 없어서 혼자 밥을 먹는 나, 취업을 하느라 바빠서 혼자 밥을 먹는 청년. 혼자 밥 먹는 자, 혼자 밥 먹는 자를 바라보는 자 모두의 시선이 뒤엉켜 '혼자 밥 먹는 것'을 영 못 견딜 일로서 다시 이데올로기화했다.

문제적 의미 부여 이전에 혼밥이 지시하는 건 1인 가구의 증가와 그에 따른 식문화 변화다. 물론 여기에는 가족 단위의 공동체 조성을 상상하기 어렵게 만드는 국가적 환경에 대한 요소들이 반영되어 있다. 임금 격차, 성차별, 집값 상승 등 생존 차원에서 개인의 생활이 영위되기 어렵다고 판단되었을 때 그 어느 때보다 '개인의 영역'이 소중해지는 것은 당연한 사실이다. 만약 혼밥의 문제를 사회적 위기로 말하고 싶었다면 혼밥 하는 개인이 아니라, 혼밥을 불가피하게 선택하게 하는 사회 차원의 제도적 불평등에 대해서 먼저 논해야 한다.

최근에는 혼밥 하는 사람을 두고 누구도 사회적 위기라고 생각하지 않는다. 대신 취향의 문제라고 여긴다. 혼자 먹는 사람이 불편해하지 않도록 일자형 좌석을 놓는 곳도 지금은 너무나 '보통의 풍경'이 되었다. '혼밥'이 주요 일간지에서 가장 많이 등장했던 2017년을 기점으로 하여 혼밥을 포함한 1인 라이프는 이제 하나의 신세대 트렌드로 해석된다. 여전히 '같이'와 비교되는 이례적인 것으로서 '혼밥'을 표현하는 사례가 공존하기는 하지만, 하나의 '라이프스타일'로서 '혼자'의 생활이 각광받고 또 1인 가구 맞춤형으로 시장이 변화하고 있다는 분석이 눈에 띈다. 그에 따라 '혼밥' 문화도 빠르게 안정화됐다. 혼밥 하는 사람을 두고 더는 누구도 '외로운 사람'이라 문제시하지 않는다. 그냥 혼자 와서 밥 먹는 사람. '그냥'의 풍경이 되기까지 채 3년도 걸리지 않은 문화. '같이'의 이데올로기가 좀 다른 양상으로 변화해 감에 따라 새로운 이데올로기의 부상을 알리는 것이라 보는 게 더 적절할 것 같지만 말이다. (덧붙이건대, 혼밥에 대한 문화적 해석이 '소외'에서 하나의 '취향'으로 변모하는 일련의 흐름은, 팬데믹을 맞으며 더는 뭉근한 의심조차 남기지 않은 채 완전히 새롭고도 보편화된 생활양식으로 받아들여진 듯하다.)

그래서 '밥 먹는 일' 자체는 내 생애주기를 통과하면서 '혼자'면 문제가 되는 상황에서 '혼자'라는 게 오히려 힙해지기까지 한 상황에 이르며 극한 변화를 이뤄냈다. 더는 누구에게도 흉 보이지 않는 게 혼밥이라지만, 공교육 기간 내 '같이'를 학습한 사람이라 트렌드가 됐다고 해서 갑자기 혼밥 하는 건 좀 어려운 일이긴 했어도. 기숙사에 살거나 작업실에 머물면서 자연스럽게 혼자 생활을 일구는 시간이 길어지면서 어떻게든 해결하게 됐다.

만두를 먹고 올라가는 길은 무척 나른했다. 전날 늦게까지 일하기도 했고 요 며칠 내내 오던 비는 그쳤고 해는 좋고 배는 부르고. 우와 이거 안 되겠다 싶어서 바로 다음 휴게소에 내려 커피를 샀다. 에스프레소가 유명한 카페에서 혼자 커피도 사 먹고 멋진 풍경 앞에 마련된 테이블에 앉아서 경치를 구경하다가 차에 올랐다. 혼자여서 좀 아쉬웠던 일은 멋진 풍경을 앞에 두고 커피를 홀짝이는, 운전도 혼자 척척 잘하는 멋진 나를 찍어줄 사람이 없었다는 것뿐이었다.

돌봄의 시야

　속초 휴가에서 혼자 끼니를 챙긴 건 몇 번 되지 않았
다. 중간에 친구가 속초에 방문하기도 했고, 외갓집에 가
서 할머니와 이모, 그리고 뒤늦게 합류한 엄마와 식사를
하기도 했다. 할머니는 올해 아흔이다. 할머니가 병원에
오게 되었을 때나 한 번씩 집에서 마주쳤던 나는, 정말 오
랜만에 '할머니 집'에 가서 할머니가 해준 밥을 먹었다.
할머니는 허리도 굽지 않았고, 산책도 곧잘 했고(운동장
다섯 바퀴를 돌 것을 무릎이 아프다면서 운동장 안쪽으로 해
서 세 바퀴를 도는 꾀를 내기까지 했다!) 밥도 많이 먹었다.
'연세에 비해서'가 아니라 나보다 밥을 많이 먹었다. 나중
에 엄마에게 물어보니까 할머니는 원래 밥을 많이 먹는

사람이라고 했다. 할머니 연세가 연세이다 보니 꾀가 아니라 정말 다리가 좀 불편한 건 아닌지, 늘 먹고 싶은 게 없다고 해서 입맛이 없는 게 아닌지 걱정하는 말을 이모와 엄마에게 했었다. 그들도 어떤 '변화'에 유의하긴 했지만 할머니의 그런 말에 크게 걱정하진 않는 것 같았다. 그도 그럴 것이 걷기 싫다, 밥맛 없다 하면서도 마당에 나가 잡초를 뽑고 밥을 한 대접 드셨다. 조금 안심했다.

명태회무침, 바다 미역을 말려 끓인 미역국, 각종 김치, 감자전, 생선튀김, 옥수수 등이 식탁에 올라온다. 당장 감자전을 두어 장만 부쳐 먹어도 배가 너무 부른데, 할머니는 왜 이렇게 조금 먹냐고 야단이다. 할머니는 으레 시골집에 가면 배가 터질 때까지 뭘 주면서 우리 손주 너무 말랐다고 말하는 사람은 아니다. 정말로 감자전은 다섯 장쯤 먹는 게 적정량이라고 생각하는 것 같다. 할머니는 국그릇에 밥을 퍼서 나보다도 더 많이 먹는다. 뭐든 사서 오면 다 잘 드신다는 이모의 말이 아무래도 맞는 모양이다.

내게 여름은 늘 시험에 드는 계절인지라 당장 올해 근 2주를 앓았던 때나 지옥 같았던 작년 여름 장마 무렵에 먹은 것도 없이 헛구역질을 해댔던 기억은 떠올리기만 해도 괴롭다. 몸이 아프면 먹는 일이 괴롭고 힘들고 짐스럽기만 하다. 안 먹으면 기운이 없고 꾸역꾸역 뭘 먹은 뒤에도 여러모로 불편한 기분이 드니까. 생존을 위해 먹으면 맛이고 뭐고 전혀 느껴지지 않는다. 먹는 기쁨이 없다. 할머니가 옥수수도 두 개나 먹고 감자전도 세 장이나 먹고 밥도 한 그릇 먹고 미역국도 한 사발 먹으니까 나는 좋았다. 내가 못 먹는 게 오히려 민망했다.

　　최근 속초에 기거하며 할머니를 돌보는 막내 이모는 그곳에서 일종의 노인 돌봄과 관련한 노동을 병행하고 있다. 관리가 지정된 가구에 방문해서 그들이 잘 생활하고 있는지 살펴보고 적절한 조치를 취하는 일이다. 이모는 조금 지친 것 같다. 이모는 가족으로서 자신의 엄마인 노인을 돌봐야 하는 동시에, 하나의 노동으로서 깊은 사정을 알 길 없는 노인을 '복지 서비스'의 차원에서 돌본다. 이모는 개인적인 동시에 사회적인 의미의 노동을 동시에 행하는 중이고, 그 대상의 연령대가 비슷한 탓에, 유사해 보이지만 완전히 다르게 대처되는 상황에 대한 이질적인 경험도 (추측건대) 하고 있을 것이다. 노인 우울증에 대해서라면 어떨까. 할머니 연령대의 많은 노인들은 노환으로 인한 우울증 또한 많이 앓고 있다는 것은 잘 알려진 사실이다. 그러나 그에 어떻게 대처해야 하는지에 대한 역량은 사람마다 그리고 피돌봄자가 처한 환경마다 다르다. 이러한 상황을 확인하고 적절히 대처해 줄 수 있는 보호자가 있느냐 없느냐에 따라 특히 그럴 것이다.

　　이모의 엄마이자 우리 엄마의 엄마, 나의 할머니도 약간의 우울증을 앓고 있다. 노인의 우울증이란 단순히

인지능력의 저하에서 오는 것만은 아니다. 할머니의 경우 우울증약을 처방받아야 했던 무렵에 친구 몇몇 분이 연달아 돌아가셨다. 할머니는 슬프다든지, 기쁘다든지 하는 '언어적 표현'으로 감정을 드러내는 사람은 (내 기억 속에서는) 아니지만 자신의 감정에 충실한 사람이기는 했다. 심부름을 시켰는데 말귀를 못 알아듣고(사실은 할머니의 사투리를 못 알아듣고) 뭘 가져오라고 하는지 몰라서 한참을 헤매다 돌아온 손녀에게 버럭 짜증을 낸다든가, 웃기면 히히 하고 웃는다든가, 반가워한다든가 하는 것들이 얼굴과 몸에서 표가 났다. 할머니는 '내 친구가 죽어서 슬프다'고 말하지는 않았지만 자신에게 찾아온 우울감과 무기력감으로 슬픔을 표현했다. 어딘가 멍하고, 뭐든 하고 싶지 않아 하고, 특히 집을 벗어나려고 하지 않는 습관은 그때 겪은 우울감이 새로운 생활의 감정으로 찾아든 사례일지도 모른다.

엄마와 이모는 그러한 할머니의 모습을 조금은 답답해하는 눈치다. 할머니는 할머니의 속도를 조정해 나가는 중이다. 할머니의 '자녀'가 아닌 '손녀'인 나는 그 속도를 존중해야 한다고 생각한다. 그러나 나도 할머니가 아닌 '모부'가 늙어가는 것과 그 속도를 이해하는 데 큰 어려움을 느낀다. (아빠, 도대체 왜 이렇게 고집을 못 버리는 거야? 엄마, 왜 이렇게 주의력이 부족한 거야?)

한평생을 속초에서 살았던 할머니는 '할머니'가 되

었을 때, 그러니까 아주 많은 손녀와 손자들이 태어나고 장성한 다음부터는 이모, 삼촌, 엄마의 제안으로 여기저기 여행을 다녔다. 나도 한 번 같이 간 적이 있었는데 무려 여름의 홍콩이었다. 나의 첫 해외 여행지이기도 했던 홍콩은, 여름이라면 두 번은 재고해 보고 싶을 정도로 덥고 습했다. 그때 할머니는 건강해 보였고 적어도 신체적으로나 정신적으로 두드러지는 특이점은 없었다. 우리는 친척 언니가 마카오 카지노에서 딴 약간의 돈으로 육포와 망고와 하이네켄을 양껏 사 먹기도 했다. (고작 육포랑 맥주를 사 먹었냐고 할 수도 있을 텐데, 외가 식구는 칠 남매고, 당시 약 세 가구가 함께 갔던 나름대로 대규모 여행이었다. 그 많은 식구가 먹을 육포와 맥주를 살 정도였으니 적잖은 돈을 땄던 게 아닐까?)

벌써 10년쯤 된 이야기다. 할머니는 그 이후 10년간 여기저기 많이 다녔다. 부산도 갔던 것 같고, 아마 제주도도 자주 갔을 것이다. 할머니의 집에 가면 타지에서 찍은 기념사진들이 거울이나 장롱 모서리에 끼워져 있다. 많은 사진에서 'Hongkong'이 적힌 티셔츠를 입고 있다.

최근에 이모는 할머니를 모시고 부산에 가려고 했는데 할머니가 한사코 가고 싶지 않다고 해서 나의 엄마와 이모의 딸, 그리고 셋째 이모가 대신 다녀왔다는 이야기를 전해 들었다. 내 엄마가 자신의 자녀들과 여행을 다니는 것에는 좀체 시간을 쓰지 않으면서 '엄마의 가족'과는 기꺼이 여행을 다닌다는 사실이 마음 근육의 한 부분을 뭉치게 만드는 듯한 느낌을 받으면서도, 하여간 일상에 매이고 고이지 않도록 함께 유랑하는 것이 '돌봄'일까 싶으면서, 별안간 노년의 시간이란 '탈일상'에 대한 자녀의 노력과 '일상'을 고수하려는 당사자의 긴장 관계 속에서 흘러가는 것인지도 모른다고 생각했다.

이모와 엄마 그리고 또 여남은 할머니의 자녀들은 저마다 나름대로 할머니에게 돈으로든 행동으로든 돌봄을 뒷받침하고 있다. 이모와 엄마는 할머니의 집에 가장 자주 오는 자식이다. 이모의 집은 서울인데, 속초에 자리 잡아 주 5일을 머물게 되면서 서울 집은 일주일에 하루 이틀 오가는 곳이 되었다. 혼자 계시고, 또 가벼운 우울이자 일종의 노환을 앓고 있는 할머니로 인해 생활공간을 옮길 작정을 한 이모의 결심은 결코 가볍지 않고 '효도'라는 말로 불충분하다. 그러한 이모를 서포트하면서 자차도 없이 고속버스를 타고 매주 혹은 격주에 한두 번씩 속초를 오가는 엄마의 걸음도 결코 쉽고 가뿐하고 당연하지 않다. 생활을 돌본다는 측면에서 할머니를 찾아오는 대신 생활비를 지원하는 친척들보다 두 사람의 걸음이 훨씬 '실질적'이다.

특히나 가족을 대상으로 삼는 돌봄은 기본적으로 '인력'이 뒷받침되지 않으면 안 되며, 그들 사이의 오랜 (오해와 이해의) 역사 때문에 더더욱이나 인내심을 필요로 한다. 게다가 이 행위와 공존에 '돈'이 뒷받침되어야 한다는 사실은 무시할 수 없다. 아마도 아들을 낳기 위해 일곱 자녀를 낳아야 했던 할머니의 삶에 대해, 나는 그저 할머니가 일곱 번(혹은 그 이상일 수도 있을)의 출산을 경험하고 아흔까지 큰 탈 없이 생존해 있다는 게 무척 놀라우면서도, 그 많은 자녀들이 반목하지 않고 자라 할머니가 심심할 틈 없이 속초에 찾아오고 있다는 것을 떠올리면 이런 게 효도인가…… 하는 복잡한 생각에서 벗어날 도리가 없다.

이모는 가족에 대한 돌봄을 수행하는 동시에, 타인에 대한 돌봄을 노동으로서 수행한다. 집 안에서도 집 밖에서도 온통 돌봄에 둘러싸여 있는 이모는 어떤 피로감에 사로잡혀 있는 듯하다. 속초 시장에 나가 이것저것 사먹고 매번 들르는 독립 서점에서 이모에게 주기 위한 책을 한 권 샀다. 《돌봄, 동기화, 자유》는 일본의 노인 돌봄 시설의 원장 무라세 다카오가 쓴 에세이로 '아름다운 돌봄'만을 다루지는 않는다. 이모가 노인 가구를 돌아보면서 느낄지도 모를 복합적인 감정들을 이 책에서는 조금 더 노골적으로 표현하고 있고 자기와의 '대면' 과정에서 느낀 힘듦이나 난처함 같은 것들을 '돌봄 노동자'로서의 자기 인식을 중심으로 돌파해 나간다. 하지만 이 책을 건네면서 무라세 다카오가 그러하듯 이러한 방식으로 이모가 수행하는 노인에 대한 돌봄을 이해할 수 있다고 말할 수 있을지 모르겠다. 이 책의 저자에겐 오랜 돌봄 노동을 통해 '돌봄'을 하나의 직업의식으로 승화할 지점이 있지만, 이모는 이때껏 해오던 자녀와, 부모에 대한 돌봄에 있어서는 이미 '경력직'임에도 불구하고 그와 별개로 타인을 대상으로 하는 '노동'으로서 돌봄을 수행하기 시작한 참이기에 그렇다.

　에세이에는 노혼 증상[6]이 있는 할머니가 자주 보호 시설 바깥으로 나가 '집으로 가겠다'는 일념하에 동네를 헤매는 에피소드가 있다. 원장과 돌봄 시설의 노동자들은 시설 안에만 머물도록 '통제'하는 것만이 최선이 아니라 여기면서 가족의 동의를 구해 주변 이웃에게 할머니의 상태를 알리고 혼자 돌아다니는 것을 목격하면 시설로 전화해 달라고 부탁한다. 이웃들은 이들을 방문판매원이라 생각하고 거절하기도 하지만, 많은 사람들이 이 요청을 받아들인다. 실제로 할머니가 '집에 가기 위해' 홀로 밖을 돌아다닐 때 '우연히 시간이 있었던' 한 주민이 할머니의 행방을 시설에 알리고 데려다준다.

　돌봄 노동자는 도의적인 차원에서 돌봄이라는 사회적 가치를 수행하는 존재이지만 동시에 돌봄 노동이라는 서비스 제공자이기도 하다. 따라서 돌봄 상황에서 어떤

6　'치매'라는 표현이 질병적인 방식으로 통용된다는 점에 근거하여, 나이가 들어감에 따라 정신이 흐릿해지는 '상태'를 표현하는 용어인 '노혼'이 《돌봄, 동기화, 자유》에서 채택된다.

문제가 발생했을 때, 어떤 인간적인 감정을 느끼고 그에 따라 분노할 수도 있지만, 동시에 그러한 옳고 그름에 대한 감정 문제에 앞서 노동자로서 '업무적 책임'에서 자유롭지 않다. 업무적 책임은 '돌봄'의 본질을 가장 부정하는 자리에 놓일 때도 있다. 즉, 누군가에게 노인 가구를 돌아다보는 돌봄 노동이란, 돌봄보다는 노동에 초점이 맞춰져 있기도 하다. 한국 사회는 물론 세계적으로 돌봄 노동이란 자신의 가족 및 가정에 한정되는 매우 배타적인 차원의 '희생'이다. 돌봄에는 반드시 인력이 필요하고 자본도 필요하다. 그러나 둘은 '동시에' 필요한 것이지 하나가 다른 하나를 상쇄할 수 없다. 돌봄에는 응당 그에 부합하는 자본이 (급여의 형태로든, 시설 이용의 형태로든) 뒷받침되어야 하지만, 그런 동시에 시간당 단가로 셈하면 단가에 맞는 시간 '밖'에서 일어나는 일들이 돌봄의 시야에 들어오지 못한다.

하지만 정말로 급여를 받고 수행하는 '돌봄'의 영역에 가족만큼의 섬세함을 요구하고, 가족에게는 급여조차 부여하지 않으면서 희생을 요구하는 이런 상황 속에서 무엇이 더 못하다, 나쁘다고 말할 수 있을까? 에세이에서 보여주는 것과 같이 '공동체' 차원의 협력을 요구할 수도 있지만, 그것을 오직 '개인'의 책임 의식으로 시작해도 되는 것일까?

에세이에는 끝없이 "할마아아아"를 부르고 "오세요"

와 "가세요"를 반복하는 한 할머니를 돌보게 된 신입이 당직을 선 뒤 그날의 일을 보고하는 사례가 소개된다. 신입은 다음 날 이루어진 당직 '보고'에서 일종의 '고해'를 한다. 소변이 마렵거나 무언가 불편해 "할마아아아"를 부르는 건가 해서 그때마다 용태를 확인했지만 딱히 그래서 자신을 부르는 것은 아니었다고. 신입은 결국 이성의 끈을 놓고 할머니에게 "그러니까 집에 계시지 못하는 거예요"라고 말한다. 신입은 잠시 공간을 분리해 떨어져 있으면서 그런 말을 해버린 자신을 책망한다. 참지 못하고 할머니에게 감정적으로 쏘아붙이고 말았다, 나는 돌봄에 어울리지 않는지도 모른다며 괴로워한다. 다시 돌아가 할머니에게 사과했을 때, 할머니는 무슨 일이 있었냐며, "내가 너와 싸움을 할 리가 있나. 너와 나는 40년 인연이지 않니"라고 말했다고 한다. 20대인 신입에게.[7]

저자는 이를 '용서받을 일을 하지 않고 용서받은 일'이라고 말한다. 둘 모두의 의지와 상관없이 '어쩌다 용서받은 일'이라는 것이다. 신입은 이 일을 계기로 자신이 상냥하지 않았음을 알게 되었다고 하고, 저자는 '나'의 다양성에 대해서 말한다. 어쩌면 '돌봄'이란 그 단어가 요구하는 상냥함이나 희생 같은 것들과 정반대의 감정적 결들이 비의지적으로 튀어나오는 것을 서로 목도하면서 '어

7   무라세 다카오, 《돌봄, 동기화, 자유》(김영현 옮김, 다다서재),
     234~236쪽.

쩌다 용서하는' 일의 끝없는 반복인지도 모른다.

　　이모는 할머니에게 뭔가 말을 전하려면 두 번씩 말해야 된다고 일러주었다. 늙어가는 탓이라 그렇다고 여기면서도 "자꾸 남 흉을 보지 말라"고 반복해 말하면서 때때로 비집어 나오는 작은 한숨을 완전히 숨기지는 못했다. '늙어감'을 이해하는 데서 비롯된 당부라도, 그것이 매번 세상이 요구하는 '이상적 모습'에 부합하듯 발화될 순 없고 그러면서 자신의 한계를 숨기지 못하는 것도 돌보는 자가 마주하는 일상이다. '어쩌다 용서하고' '어쩌다 용서받는' 일은 때론 착오일지라도 필요한 '돌봄' 가운데 하나는 아닐지.

　　그런 그들의 모습을 보면서 내가 내 엄마의 나이 듦을 생각하고, 할머니에게 두 번씩 말하는 건 사실 별로 수고롭지도 않은 일인데, 나는 이미 엄마에게 이야기할 때 두 번 세 번 말할 때가 있는데, 그러면서 화도 막 내고, 할머니가 다른 사람 욕을 한다는 것도 내가 듣기엔 별로 욕 같지도 않은데. 이런 생각이나 하면서 '곱게 늙는다는 것'에 대한 욕망과 그저 '늙어가고 있음'에 대한 상태에 있는 이들의 비의지가 부딪는 것을 보며 약간 참담해지는 것도…… 얼마간은 어쩌다 용서받을 수 있는 일일까.

엄마의 가족과 가족 이데올로기

가족 이데올로기. 아버지, 어머니, 혈연 자녀로 이루어져 있는 형태를 '정상'으로 규정함에 따라 여타의 공동체를 모두 '비정상'으로 규격화하는 일. 또는 '표준' 구성의 형식을 따른다는 이유로 모든 종류의 폭력을 묵인하는 공동체적 사상(혹은 신념?). '정상 가족' 이데올로기에 대해서는 지금껏 평론을 통해 수도 없이 말해왔다. 그런데도 나는 조금도 '가족 이데올로기'가 무엇을 뜻하는지 알지 못했던 것만 같다. '이런 거였군' 하는 충격을 맞닥뜨릴 때가 적지 않다는 뜻이다. 그간 비판해 왔던 가족 이데올로기란 학습되고 상상된 '형상'에 불과하며 지극히 표면적인 것이었다. 내가 경험한 '가족 이데올로기'에 대한 충격은 '가족'이라는 이름하에 갖은 형태로 얽혀 있는 와중에 개개인마다의 사정에 따라 배타적이고 또 그만큼 자율적이고 불균질적으로 돌출됐다.

나야 진작 외갓집에 와 모처럼 속초에서 며칠을 뭉개고 있었지만 고작 하루 자고 내 차로 돌아가야 하는 엄마는 1박의 일정이 아쉬웠던 것 같다. 온 김에 하루라도 더 있었다면 좋았겠지만 일정상 그럴 수가 없었다. 어쩌면 엄마의 '말'대로 괜찮았을 수도 있다. 엄마는 최근 몇 년 사이 정말이지 부지런히 속초에 드나들고 있었으니까. 그런 엄마를 할머니는 어떻게 생각하고 있는지 모르겠다. 할머니와 둘이 있을 때, 자식이 일곱이나 있는데 그중 둘째 딸에 대해서 뭔가 각별한 기억이 있을까 싶어 어렸을 때 엄마가 어땠냐고 물어봤는데 할머니는 기억이 안 난다며 대답해 주지 않았다. 할머니 그리고 엄마와 동시에 한 공간에 있을 때가 많지는 않았지만 기억을 더듬어본다고 해도 특별히 엄마와 할머니가 애착을 가진 사이처럼 보이지는 않았다.

하지만 할머니가 엄마에게 '각별한 애정'을 드러내 보이지 않는 것과 별개로 자식인 나의 관점에서 볼 때 엄마는 할머니에게 커다란 애착이 있다. 엄마는 언젠가부터 희망 사항을 결정된 스케줄처럼 말하곤 한다. 특히 외가 식구들과 관련된 일에 대해 그랬다. 이런 일이 있었다. 엄마는 할머니가 병원을 가는 길에 우리 집에 들르기 때문에 몇 달 전부터 이야기해 오던 여행을 갈 수 없다고 했다. 그 말에는 우리가 여행을 가지 못할 정도로 할머니가 오랜 기간 집에 머무르겠다고 의사를 표현했다거나 그럴 만한 사정이 있다거나 하는 내용이 모두 누락되어 있었다. 어처구니없는 마음을 누르고 하나하나 사실을 확인해 보니 할머니가 오랫동안 머물다 가기를 바라는 사람은 엄마뿐이었다. 할머니는 우리 집에 오래 있겠다는 이야기를 한 적도 없고 실제로 딸들의 집에 며칠이나 있을지조차도 딱히 계획하고 있지 않았다. 그러노라면 나와 한 달 전에 약속했던 일본 여행을 내가 다시 물어볼 때까지 어떤 말도 하지 않고 있다가 당연히 못 간다는 듯이 취소하는 사람은 엄마다. 할머니가 '어떤 의견'을 낼지 모르니까, 일단 자녀와의 약속은 (마음속으로) 취소하고 취소가 되었다는 사실조차 물어볼 때까지는 말하지 않는다. (도대체 왜?)

이번에 엄마는 할머니에게 용돈이라도 좀 드리고 올 걸 그랬나 싶었던 모양이다. 집으로 돌아가기 전 막국수를 사주겠다는 이모와 점심을 같이 했다. 이모는 손녀가 모처럼 왔다 간다는데 할머니가 차비 준다는 소리도 없더냐고 툴툴댔다. 할머니도 나도 딱히 서로 차비라도, 용돈이라도 하라고 돈을 건네야 한다고 생각하지 않았기에, 나는 이모의 말이 이모가 믿는 '어른'의 역할을 대변한 것이라고 여긴다. 나이가 몇이든, 자식이 오고 손녀가 오면 뭐라도 하나 더 챙겨주는 게 어른, 어쩌면 그것이 이모가 상상하고 드러내는 어른의 모습일 것이다. 웃어넘기고 마는데 엄마가 대뜸 이런 소릴 했다. 모처럼 속초 갔는데 할머니 용돈이라도 좀 드리고 오지 그랬냐고. 이쯤 되면 돈이 문제가 아니다. 그러니까 이건 엄마의 믿음. 특히 엄마가 자신의 엄마에 대해서 뭔가 해야 한다고 믿는 것에 대한 내용이다. 하필이면 이런 말을 하는 상황 자체가 참 얄궂었다. 엄마의 동생은 할머니가 손녀에게 용돈도 주지 않았다고 뭐라고 하는데, 엄마는 할머니 용돈도 주지 않았다고 딸을 타박하고 있으니. 아무래도 엄마에게 '가족'이란 엄마가 딸임을 선고받음에 따라 주어진 혈연가족에 한정된 것 같다는 경직된 마음을 외면할 수 없었다.

정신과에서는, 심리학에서는, 심리 상담에서는, 정신분석에서는 어른이 된 현재의 많은 상태의 교착점이 어린 시절 부모와의 관계 경험에 있다고 본다. 더는 누군가에게 사랑받는 법도 모르겠고 하는 법도 모르겠다. 사람도, 일도, 무언가에 애정을 받고 쏟고 하는 일이란 게 도무지 어떤 건지 기억나지 않고 알고 싶지도 않다. 이것을 생각하는 일은 조급하지도 않고 신경증적이지도 않다. 평온하다면 평온한 상태로 이런 삶의 지긋지긋함을 곱씹는다. 일도 하기 싫고 노는 것도 여의치 않고 아무튼 사람으로 살아 있어서 뭔가 상호작용을 해야 한다는 게 성가시다. 더는 어떻게 살아야 할지 모르겠고 공허하고 살기 싫다고 생각했다가, 아 옆자리에 사람을 태우고 이런 생각을 해선 안 되지, 하고 마음을 고쳐 잡았다.

엄마는 자기 손으로 꾸린 가정이 자신이 가진 관계 중에 가장 만족스럽지 못한 게 아닐까? 하지만 그건 아빠도 마찬가지다. 단지 엄마와 달리 아빠는 자신이 자녀로 속해 있는 혈연 가정에도 만족하지 않아서 차라리 손수 꾸린 가정에 애착이 있는 편이다. 그런 탓에 '~한 모습이어야 한다'는 근거 없는 (보수적인) 믿음으로 자기의 공동체를 유지시키려 했던 아빠의 믿음은 의도치 않게 '개방적'인 결과를 낳기도 했다. 한편 엄마는 자기 손으로 꾸린 가정이기 때문에 망설임 없이 경계를 긋는다. 상황에 따라 그녀의 마음속에는 어떤 순위가 매겨지는 것 같기도 하다. 자신을 포함시킨 가족과, 자신이 포함시킨 가족 사이에. '이것이 가족이다'라는 것에 대한 상像은 가족 이데올로기에 포섭되어 있는 여느 사람일지라도 '어떤 믿음'을 가지고 있느냐에 따라 다르게 돌출된다. 아빠와 엄마가 그러하듯.

엄마가 학습한 가족 이데올로기 중 하나는 자식이 부모에게 희생해야 한다는 것이다. 엄마가 자신의 엄마에게 그러하듯, 나 또한 엄마에게 그러해야 한다고, 의식적으로 요구하지 않지만 무심코 생각한다. 그러나 자신이 나의 엄마라는 사실에 대해서는 자주 잊는 것 같다. 부모와 부대끼며 느꼈던 결핍을 자신의 희생으로 채우려고 하지만 그러는 동안 자신이 부모가 되었다는 사실은 완전히 잊어버린 것 같다. 나와의 약속이 몇 달 전에 잡혀 있었든, 얼마나 철저하게 계획되었든, 할머니가 방문해서 언제 갈지 모른다는 것만으로 누구에게 어떠한 설명도 필요하지 않다. 엄마에게 딸의 '희생'이란 건 도대체 어떤 형태이고야 만 걸까?

할머니에게 용돈을 받을 수도, 드릴 수도 있었다. 하나 그런 여부와 상관없이 어떻게 '엄마'는 '무심코' 나더러 할머니에게 용돈을 드려야 했다고 말할 수 있었던가. 그것도 조카를 위해주는 이모의 말이 끝나자마자. 엄마의 의지가 아닌 오로지 내 의지로 한동안 지긋지긋하도록 날 괴롭혔던 일상을 팽개치고 혼자 속초행을 감행한 내게. 할머니에게 효도하기 위해서 찾은 속초가 아니었고 할머니 집에 가지 않을 수도 있었지만 모처럼이라서 괜히 할머니랑 〈최강야구〉도 보고 감자랑 옥수수도 나눠 먹고 물회도 나눠 먹고 그냥 미역국을 한 사발 같이 먹었을 뿐인 내게.

가부장 중심 이데올로기가 만연한 사회에서 '어머니'라는 지위 자체는 '자신이 선택한 가족'에 지나치게 매달리거나 충실할 수 없게 만드는 이중적 상황에 '어머니-여성'을 붙잡아 놓는다. 그렇기에 엄마가 '자기 손으로 일군 가족'을 부정하는 것은 인문학적 관점으로 보았을 때는 '탈가부장적' 수행성을 지닌다. 엄마는 나와의 약속을 저버림으로써 자신을 '어머니-여성'의 자리에 매지 않는다. 그리고 동시에 '어머니-여성'인 자신의 어머니를 더욱 이해하고자 하며 각별하게 여기는 데 힘을 쏟는다. 엄마의 속성 가운데 하나인 그런 '(비)어머니-여성'을 나는 존중해야 한다. 그것이 그녀의 '선택'이고 '여성의 선택'이며 나는 이러한 믿음을 삶에서 실현하고 싶어서 페미니즘을 공부했기 때문이다. 그러나 그녀가 '나의 엄마'여서, 나는 자신의 손으로 일군 가정의 구성원을 실망하게 하는 엄마를 마냥 이해할 수만은 없다. 나는 '엄마의 가족' 뒤로 계속 밀린다. 나는 그녀의 가족을 사랑하지만, 그녀가 자신의 가족을 사랑하느라 자신의 또 다른 가족을 뒤에 밀어다 놓는 것을 짐짓 무심한 얼굴로 맞을 수는 없다. 나는 그녀에게 '엄마'다운 사랑을 요구하지만 그것을 그녀로부터 채울 수는 없을 것이다.

보통은, 이와 같은 이유로 많은 이들이 자기 손으로 가정을 일군다고 말한다. 혈연이란 이유로 거두어짐으로써 누군가의 울타리 안에 '속해' 있는 존재가 아니라, 내 손으로 완전한 타인과 가족이 되기로 결정하는 일. 그러나 이 안에 법과 제도, 이성애주의와 가족 이데올로기가 결탁하고 있어서 아주 많은 경우 이 모든 과정이 '주체적 선택'으로 눈속임 되기도 한다. 선택하지 않았으나 주어진 가족으로부터 만들어진 결핍을 딱히 다른 사람과 어떤 방식으로 채워야 할지 알 수 없고 별달리 좋은 방법도 생각나지 않거니와, '나은 미래'라는 게 고장 난 TV처럼 아무런 화면도 띄우고 있지 못하다면, 혼자도 싫고 둘도 싫고 셋도 싫고 넷도 싫으면, 그다음엔 어떻게 해야 하는 걸까?

　나는 엄마가 필요하지만 엄마를 얻을 수는 없고, 엄마가 되고 싶지는 않지만 엄마(내게 충족과 결핍을 동시에 안겨주는 원가족)를 대리하는 존재의 가능성을 상상하려고 애쓴다. 그러나 그것은 상상되지 않고 나는 상상되지 않는 것을 바란다. 가족 이데올로기라는 건 생각보다 더 일상적으로 그리고 무참하게 움직인다. 아무려나 좋다곤 해도 가족이란 단위를 중심으로 관계의 바운더리를 설정하는 일을 '0점'으로 상정하고 있기 때문이다. '가족'이라는 형태는 실제로 그 이데올로기가 주장하듯 '완벽하게 안정적인' 관계를 보증하지는 않는다. 이상적 모습과 어긋날 뿐만 아니라, 그 반대의 형태를 옹호하는 데 가족이 이용되는 경우가 적잖다. '모든 가정엔 저마다의 사정이 있다' 따위의 말로 '가족' 사이에 벌어지는 온갖 폭력과 상처와 불가해한 일을 그저 '가족의 일'로 묶어버리기도 한다. 시시때때로 부조리함을 느끼게 하는 것이 오히려 가족의 본질일진대, 그럼에도 가족의 가치만을 끝없이 찾도록 만드는 것. 그것이 의심할 여지 없이 생활이라는 형식에 녹아든 가족 이데올로기가 작동하는 방식이다.

콘도 수영장

나의 할아버지들은 별로 좋은 아버지였던 것 같지는 않은데(아마 외할아버지의 자녀들은 이 말에 발끈할 수도 있다. "네가 뭘 알아? 그 시절에 그만하면 좋은 아버지였어!" 하지만 엄마와 이모와 삼촌의 자식뻘 되는 내 기준에서 그들 부모 세대의 '그만하면'에 해당하는 기행은 '다들 그러고 산다'로 더 이상 받아들여지지 않는다. 그렇다고 내가 엄마와 이모와 삼촌의 아버지를 흉보려는 게 아니니까 일단 읽어보세요), 손자들에게만큼은 무뚝뚝한 다정함을 보여준 사람들이었다.

엄마는 형제가 아주 많다. 엄마를 제외하고 여섯이나 된다. 이모가 넷, 삼촌이 둘이다. 엄마는 그중 둘째다.

나는 훗날 엄마의 이야기를 들으면서 1, 2, 3, 4, 5가 딸이고 6, 7이 아들이었을 때, 손위 형제에 여성이 위치하는 게(장남 없이 장녀가 되는 게) 가부장제 사회에서 서러운 대접을 받는 일이라는 걸 알게 된다. 물론 엄마는 약간의 원망과 커다란 애정을 담아서 말한 것이었겠지만.

엄마의 형제가 많은 만큼 그들의 자녀 또한 많다. 한 집에 평균 두 명꼴이니까 식구가 전부 모이면 내 촌수에 해당하는 애들만 열넷쯤 된다. 그래서 이들을 나는 세대로 구분한다. 나보다 열 살 정도 많은 큰오빠와 큰언니가 1기, 내 나이를 기준으로 앞뒤로 서너 살까지 차이 나는 2기(2기가 제일 많다. 나를 포함해 일곱쯤), 내 나이 기준 아홉 살 이상 어린 3기(3기 친척 동생들은 현재 모두 성인이 되었다)로 나눌 수 있다.

할아버지 생전에 가장 시간을 많이 보낸 손녀 손자는 2기다. 내가 중학생 때 할아버지가 돌아가셨으니, 가족과 같이 휴가를 보내는 거의 마지노선의 시기인 10대 중반 무렵까지 나는 매 계절 할아버지와 시간을 보냈다. 다른 애들도 마찬가지였다.

엄마의 고향인 속초에 조모부가 여전히 살고 있어서 자녀들은 휴가철이면 식구를 끌고 속초에 모였다. 특히 여름, 다들 물놀이를 좋아했다. 우리는 차 서너 대에 나눠 타고 매일매일 다른 곳으로 수영하러 다녔다. 모두 바다를 좋아해서 봉포 해수욕장, 아야진 해수욕장, 속초

해수욕장, 외옹치 해수욕장 등 근처에 갈 수 있는 해수욕장은 다 갔고, 가끔 계곡에 갔다. 옥수수, 복숭아나 포도 같은 여름 과일, 컵라면, 맥주를 챙겼고 물놀이하는 곳 근처에서 물회와 닭강정 같은 걸 사 갔다. 물에 들어갔다 나왔다 밥을 먹었다 말았다 하면서 놀았다. 할아버지와 할머니도 물을 좋아했다. 할머니는 파도가 밀려오는 모래에 주저앉아 옷을 적셔가며 옥수수를 먹었고, 할아버지는 웃통을 벗고 바다에 들어가서 튜브를 더 깊은 곳까지 끌어줬다. 이런 경험 덕분인지 바다를 특히 좋아하는 나에게 어린 시절 바다에서 놀았던 기억은 성인이 되어 그어떤 경험을 해도 대체되지 않을 정도로 즐거운 것으로 남아 있다.

우리는 콘도 수영장에도 자주 갔다. 콘도는 보통 바다나 계곡에서 물놀이를 마치고 집에 돌아가기 전에 대규모의 애들을 한 번에 씻기기 위해 들르던 곳이었다. 콘도에는 보통 목욕탕이 있었다. 외가 식구들은 물이라면 가리지 않고 좋아했고 목욕탕도 참 좋아했다. 다섯이나 되는 이모부(우리 아빠 포함)들도 목욕탕을 좋아했다. 그들은 평소에 목욕탕을 따로 찾을 것 같은 타입은 아닌데 하여간 군말 없이 목욕탕에 들어갔다. 이 핑계로 목욕탕 가는 게 반가웠을지도 모른다.

목욕탕을 가기 위한 루트로 콘도에 들렀지만 모 콘도 수영장만큼은 놀기 위해서 갔다. 기억하기론 할아버지가 그 콘도 수영장에서 일을 했다나 한 것 같은데 진실은 알 수 없다. 어디 콘도였는지도 잘 기억나지 않지만 당시 그 콘도에는 야외 풀이 두 개 있었다. 하나는 얕고 하나는 깊었다. 레인은 따로 없었다. 우리는 잠수를 하거나 튜브를 타고 온종일 떠 있었고 서로 수영을 가르쳐준다면서 으스대기도 했다.

바다에서 많은 시간을 보냈으면서도 엄마의 아버지이자 나의 할아버지를 생각할 때는 정작 콘도 수영장이 떠오른다. 그가 말없이 웃는 상으로 콘도 수영장에서 하루 종일 튜브를 끌어줬던 기억이 강렬하다. 나에게는 극단적으로 다른 성격의 두 조부모가 있는데, 한쪽과는 휴가를 가본 적도, 그들이 의복 이외에 다른 것을 입은 것을 본 적도 없는 한편 한쪽은 매년 휴가를 같이 갔고 그들은 심지어 모랫바닥에 철퍼덕 앉거나 바닷물에 옷을 적시는 걸 아무렇지도 않아 했다. 게다가 직접 물에 들어가 온몸을 다 적셔가며 수영했고 튜브를 끌어주거나 뒤집어 주거나 했다. 이런 극단의 사례 때문인지 나는 보통 노인들은 물놀이를 즐기지 않는다고 생각하면서 동시에 할머니와 할아버지들은 모두 수영을 잘하고 물을 좋아한다고 생각했다.

할아버지는 내가 알고 있는 어른 중에 가장 조용한 방식으로 다정한, 어떤 사람인지 잘 모르겠는 사람이었다. 아빠의 아버지가 나를 보면 매번 담뱃갑 용돈을 주면서 예뻐하는 것을 숨기지 않았던 것과 달리, 손녀 손자가 차고 넘쳤을 엄마의 아버지는 누구를 특별히 편애하지 않았을 뿐만 아니라 누구에게 특별히 소홀하지도 않았다. 그는 조용한 방식으로 애들을 예뻐했다. 내 튜브만 끌어준 것도 아닌데 나는 그가 튜브를 끌어주는 걸 좋아했다. "할아버지 이거 끌어줘, 이리로 가, 저리로 가" 하면 그는 그렇게 했다. 가끔 물을 뿌리기도 했는데, 말 자체를 많이 하진 않았다. "와서 이거 먹어라" "이리 와서 놀아라" 정도뿐이었다. 그래서 나는 이걸 해달라 저걸 해달라 요구하면서도 좀 어색했다. 나는 내가 그를 혼자 차지하고 싶다고 생각할 만큼 그와 가깝지는 않았다. 그런 내가 그와 친하다고 할 수 있나? 나는 그를 좋아했는데 좋아하는 만큼 친해지지는 못한 걸까? 그렇지만 그 역시 나를 좋아했다고 생각하고, 우리는 특별히 다투지 않고 그렇다고 대화를 많이 하지도 않으면서 그저 함께 시간을 보냈다.

그는 자신의 자녀에게도 그런 아버지였을까? 안 친한데 친한 아버지? 특별히 공감대가 있는 것도 아니고 각별한 대화를 하는 것도 아니었지만 시간을 많이 보냈고 그게 불편하지 않은 아버지? 아마 그랬을 것 같다. 그는 그만의 방식으로 사람을 좋아할 줄 아는 사람이었을지도 모른다. 엄마는 형제들 가운데서 대장급으로, 자기의 삶을 헐어 그들의 삶에 크고 작은 온정을 베풀며 살았다. 그런 엄마가 바랐던 것은 '비록 여자지만' 공부를 하는 것이었다. 어렸을 때 엄마는 아주 똑똑했고 숙제를 하기 싫어하는 동생들의 수학 문제를 대신 풀어주는 사람이었다. 엄마는 그렇게나 공부를 하고 싶어 했는데, 그녀의 부모는 그녀가 딸이라서(그것도 거의 장녀나 다름없는 칠 남매의 둘째여서) 교육의 기회를 제공하지 않았고, 그 일로 엄마는 특히 할아버지를 오랫동안 원망하게 된다.

만약 내가 엄마였다면 나는 절대 할아버지를 용서하지 않았을 거다. 재능도 있고 열심히 하고 누가 봐도 공부를 시키면 잘될 자녀인데 단지 여자라서 공부를 시키지 않았다면. 나는 모부에 대한 분노에 기꺼이 나를 내어주었을 것이다. 엄마는 할아버지를 많이 원망하지만 그를 무서워하거나 싫어하지는 않았다. 오히려 자신의 방식대로 아버지를 아주 많이 좋아하는 것처럼 보였다. 그리고 엄마는 아마 자신의 아버지와 비슷한 나이대였고 비슷한 가부장의 삶을 살았을 아빠의 아버지 또한 무서워하지 않았는데, 남자 어른을 대하는 이 대담하고도 심상한 태도는 엄마가 할아버지의 무뚝뚝한 다정을 경험했기 때문인 것 같다. 나는 엄마의 자식이라서 그걸 알 수 있다.

사람을 아주 싫어하면서도, 좋아할 약간의 이유만 생기면 어떻게든 좋아하고 사람에게 사랑받는 것을 즐기는 나는, 유난 떨지 않으면서 그저 '함께 시간을 보낸' 할아버지를 생각하면 늘 일반적이지 않은 유대감을 떠올린다. 어떻게 친하지도 않은데 시간을 보냈겠어, 하고 생각하면 친한 것치곤 무슨 대단한 걸 하지도 않았고, 그렇다고 마냥 어색한 사이라고만 하기엔 나는 그와 같이 시간을 보내는 게 좋았다는 게 영영 이상하고 그립다.[8]

---

8   글에서 언급된 콘도는 '그레이스 콘도'로 현재는 다른 이름으로 바뀌었다. 할아버지는 이곳에서 약 10년 정도 일했다고 한다.

오늘의 표정

흔들리는 나무

　요 며칠 단지 사이에 길게 만들어놓은 보도를 걸었다. 곧 여름이 오려는지 해가 뜨거웠고 바람이 불었다. 하늘을 올려다보니 제일 높은 데까지 솟아 있는 나무의 가지만이 크게 흔들리고 있었다. 작은 바람에 크게 흔들리는 나무는 가장 높이 뻗은 가지를 가진 나무. 흔들리는 잎사귀 소리를 낼 줄 아는 나무.

아무 일도 벌어지지 않고 하루를 보낼 수 있어야 한다는 사실

자기만의 공간이 생기면 식물을 들여놓는 경우가 꽤 있다. 나의 엄마도 집에서 식물을 한가득 키우는데, 어렸을 때는 화초를 왜 이렇게나 많이 들여오는지 잘 이해되지 않았다. 꽃이 피면야 예쁘기는 하지만 분갈이를 해줘야 하고, 흙을 갈아줘야 하고, 잘못하면 병충해가 생기는데. 식물을 키우는 특별한 목적이나 이유가 있는 것 같지 않았다.

독립한 이후에도 여전히 식물을 본격적으로 키우게 되지는 않았지만, 친구들이 집들이 선물로 뭘 가지고 싶냐고 물었을 때 뜻밖에도 나는 홍콩야자라고 말했다. 그즈음 왕가위 감독의 영화를 다시 보는 중이었다. 가장 좋

아하는 영화는 〈중경삼림〉이었고 영화를 보고 있자니 후텁지근한 홍콩의 날씨가 떠오르면서 앞도 뒤도 없이 '홍콩야자를 한번 키워봐……?' 하는 생각의 결말이었다. 그때 선물받은 작은 홍콩야자는 지금까지 수경으로 키우고 있고, 너무 무성해진다 싶을 때는 가지치기를 해서 다시 뿌리를 내리게 하고 다른 사람에게 선물했다.

　홍콩야자는 물만 적당한 때에 잘 주면 약간은 방치한 채 키워도 잘 자란다. 한참 두다가 잎 색이 변했다 싶거나 뿌리가 물 밖으로 나올 만큼 말랐다 싶으면 물을 주면 된다. 한참을 그렇게 두다가 한번씩 들여다보면 가지가 돌기처럼 올라오고 아기 고사리손 같은 아주 작은 이파리가 돋아나는데 정말 너무너무 귀엽다. 그러다 문득 또 보면 손가락 같은 이파리가 조금씩 커지고, 어느 무렵에는 다른 이파리만큼 커져 있다. 가지와 이파리가 올라온 것을 발견하면 매일매일 들여다보곤 했다. 아주 천천히 그러나 자라고 있는 이파리. 매일 들여다보고, 이파리가 다 자란 이후에는 새롭게 나는 가지는 없나 살펴보고, 그러다 문득 이래서 식물을 키우나 싶었다.

　임승유는 한 에세이에서 이렇게 말한다.

　식물의 속도와 내 욕망의 속도 차이에서 오는 격리감으로부터 내 일상이 소외되지 않도록 해야겠다는 생각을 하게 된 건 이즈음이었다. 내 속도 감각으로 접근하면 식물은 거의 멈춰 있는 것과 마찬가지라서 상호작용이 불가능해 보였다. 보이지 않는다고 해서 멈춰 있는 게 아니라는 사실을 모르지 않았다. 자꾸 잊는 게 문제였다. 뭐야 그냥 있을 뿐이잖아. 거의 사물과 같아졌잖아. 식물을 무관심하고 무감각한 존재로 여기며 없는 것처럼 취급하게 된다. 그렇게 뒤돌아서면 처음부터 다시 시작해야 한다. 식물은 거기 있다. 살아 있다. 매 순간 살아 있다. 나도 마찬가지다. 문제는 매 순간 살아 있다는 그 감각에 집중하는 것, 사실은 그게 다라는 것을 받아들이는 게 쉽지 않다는 점이다. 뭔가 더 있을 거라는 기대, 그래서 그 뭔가를 자꾸만 만들어내려 하고 그게 안 되면 살아 있는 게 아니라고 느낀다는 점. 식물은 다른 무엇도 아닌 내 속도 감각이 나 스스로를 소외시킨다는 사실을 끊임없이 감각하게 해주었다.

살아 있는 생물 중에 식물만큼 인간과 이질적인 것도 없다. 너무 이질적이라서 쉽게 대상화의 위치에 놓이게 되는 것도 사실이다. 하지만 역설적이게도 인간이 가장 크게 의존하는 존재 또한 식물이다. 나는 거실에 식물을 키우면서 목적 없이, 결과물 없이, 하루하루를 살아갈 수 있어야 함을 깨달았다.[9]

9   임승유, 〈생활하고 싶다〉, 《오늘의 문예비평》(2021년 봄호), 146~147쪽.

식물이 빨리 자라서 다른 모습이 되었으면 좋겠다는 욕망을 가진 나와, 자기 속도대로 매일매일을 다르게 살아내는 중인 식물의 공생. 전혀 변화하지 않는 것 같지만, '문득' 보면 가지가 돋아나 있고, '문득' 보면 꽃을 맺는 것처럼, 갑자기 일어나지 않고 매일매일의 아주 느린 움직임 속에서 무언가가 변화하고 있다는 것. 임승유는 이러한 식물과 인간 욕망의 속도 차에 대해 말하면서 "목적 없이, 결과물 없이, 하루하루를 살아갈 수 있어야 함을 깨달았다"고 말한다. 식물에 '대한' 성찰이지만 꼭 식물과 비교하지 않아도 지금 내게 필요한 이야기였다.

성과주의를 슬로건으로 걸어놓는 사회에서 빨리 성장해야 한다는 구조적 욕망을 거부하면서 살아가기란 여간 어려운 일이 아니다. 특히 '기초학문'을 전공하고 그것을 업으로 삼는 삶이 그렇다. 뭐든지 실생활에 쓸모가 있는, 그리고 기술 발전과 국가경쟁력에 이바지하는 성과를 내야만 노력도 값어치가 있다는 인식은 인문학과 같은 기초학문 분야에서는 늘 그 존폐를 위협받는 하나의 근거로 제시된다. 나아가, 이런 상황 속에서 '성과 이데올로기'에 구체적으로 기여하지 못하는 기초학문 전공자는 이중으로 구속된다. 구체적인 기술적 성과가 눈에 보이는 응용학문과는 달리, '보이지 않는 성장'에 기여한다는 믿음을 고수하는 인문학은 그 존립의 근거 자체를 '성과주의'와 발맞추지 않는 결과물 및 속도에 두면서도, 성과 이데올로기의 굴레 속에서 '인재'를 양성하고자 한다. 즉, 그 자신이 잘하기만 한다면 한 명의 지식 노동 종사자로서 그 노력의 값을 받을 수 있다고 주장한다. 정말로 그 주장이 사실이냐고 묻는다면 그렇지만은 않다고 답할 것이다. '개인이 잘하기만 하면'에는 개인의 후천적인 노력만이 전제되어 있지 않다. 개인이 좌우할 수 없는 많은 환경적인 요소들이 '잘하기만 하면'이란 상황 속에 개입되어 있다. 자본, 상징 자본(부모의 재력, 부모의 학벌, 그에 따라 좌우되는 많은 교양 요소 등), 대인관계, 운과 같은 것들은 개인이 통제할 수 없음에도 불구하고 '노력' 단계에 개입되는 중요한 요소다.

　기초학문 전공자가 대학원에 진학할 때 그나마 양심 있는 교수들은 '집에 돈 많냐'고 물어보는데, 학문에 대한 흥미와 노력으로 이 모든 것을 이겨낼 수 있다고 믿는 입장에서는 이 말이 무례하게 들릴지 모르겠지만(어느 정도 무례한 것도 맞지만) 예의를 넘어서는 중요한 요건이기는 하다. 특히 학교의 수준이나 규모에 따라서도 그렇지만 학업 지원금이 거의 지급되지 않는 인문계의 경우, 학내 연구 기관 소속 아르바이트 자리를 구하기는 너무나 어렵고(교수 개인의 역량과 의지에 좌우되는 경우가 많아서), 그렇기에 개인이 알아서 학비든 생활비든 조달해야 한다. 그사이에 개별적인 성과를 내기란 어렵지만 불가능하진 않다. 불가능하지는 않다는 이 말이 많은 사람들을 '좋아서 하는 일'의 구렁텅이에 빠뜨린다. 사정이 그렇다 보니 '쓰는 돈'만 발생하는 기간 동안에 공부에만 매진할 수 있으려면 '집에 돈이 많아야' 한다는 말을 부정하기 어렵다.

아득바득 장학금 받고, 일해가며 공부하고, 그래서 소정의 성과를 얻었다 쳐도 그것이 소위 학벌을 뛰어넘거나 개개인의 '운'을 뛰어넘기도 어렵다. 노력하면 '되긴 하는데' 노력만으로 승부를 보라고 하기엔 노력 여하와 무관한 것들이 많이 개입되어 있다. 언젠가 어떤 영상에서 한 영역에서 남들의 인정을 받는 수준까지 도달한 어떤 (모르는) 사람이 이제 막 일을 시작하는 이들에게 해주고 싶은 말이라는 주제로 이런 말을 하는 걸 봤다. 대체로 열심히 노력해야 하고, 어떻게 해야 전문성을 기를 수 있고에 대한 이야기였는데 그다음에 이런 말을 덧붙였다. "세상이 당신에게 공평할 거라고 생각하지 마세요." (한데 공평일까 공정일까?)

본격적으로 프리랜서 생활을 하면서, 또 박사 과정을 밟으면서, 나는 '내가 해낸 일'과 그것에 보탬이 된 교육의 수준이 소위 '잘 알려진 기준'에 비할 바 없이 훌륭하다는 자긍심이 있었고 스스로 증명하고 있다고 생각했다. 하지만 사람들은 그렇게 생각하지 않는다고 느꼈다. 출신 학교나 성과가 어떻게 받아들여지냐는 문제보다는, '나'라는 존재가 그러한 맥락을 총망라했을 때 어떤 방식으로 여겨지는지, 나는 타인의 '비의식적'인 태도에서 '나도 모르게' 뭔가를 느끼고 말았다. 때때로 실제로 제출된 것과, 사람들이 믿고자 하는 것 사이에서 대부분 후자가 전자를 압도한다는 사실은 좌절을 주기에 충분하다. 어떤 대학이 더 좋다는 믿음 속에서 구체적으로 보이는 실제 삶의 가치들의 자리는 재조정되곤 한다. 사회가 끊임없이 재생산하는 이데올로기에 대한 믿음이 실제로 펼쳐지는 것을 압도한다. 그래서 그것에 저항하는 일은 더욱 긴요하고 까다롭다.

이런 상황 속에서 실제로 할 수 있는 일이란 스스로 억울의 굴레에 빠지지 않기 위해 이 많은 요소를 현재 자기 상태를 설명하는 인과관계로 연결하지 않으려는 노력이다. 그것을 해내지 못하면, 일일이 설명하기 어려운 많은 억울하고 부당한 상황에서 망가지고 만다. 자신의 탓이 아니어도 그렇다. 자신의 시간이 도래할 것이라는 굳은 믿음 속에서, 타인의 평가와 의지 바깥의 기회의 범위에서 벗어나, 자기의 기준 속에서 동기를 찾지 않으면 일도 삶도 어렵게 된다. 자기의 페이스를 찾는 것, 다른 이와 비교하지 않는 것, 자기 욕망의 속도와 현재 자기의 상황에 인과를 부여하지 않는 것. 많은 억울함과 부당함 속에서 스스로를 잃지 않기 위해 필요한 일이었다. 식물의 시간이 그러하듯.

지금까지 해온 일과 하고 있는 일에 자긍심을 유지

하는 것은 그간의 시간을 토대로 어떤 성과에 도달했다고 생각한 시점에 크게 흔들렸다. 첫 책을 내며 7년 차 평론가, 90년대생 젊은 평론가라는 사실을 타이틀로 삼아 노동, 청년, 여성 담론에 대해서 탐구하고 있다는 출사표를 던졌다. 그간 흔들림 없이 활동했고 책을 한 권 낸다고 해서 갑자기 많은 것이 바뀌리라 생각하지는 않았지만, 실망스러웠다. 언제 이렇게 활동했냐면서, (그간 쉬지 않고 글을 썼는데도. 그러니까 단지 그들 눈에 띄지 않았으므로) 그간 어디 숨어서 글을 썼다는 듯한 반응 앞에서 격려 이면에 있는 전제(공교롭게도 그들은 의식하지 않을)를 눈치채지 않을 수 없었고, 경력이나 발표하는 글의 편수와 상관없이 누군가를 손쉽게 '다음 단계'에 올려다 놓을 수 있는 권력을 가진 사람이 그런 말을 할 때면 뭐 남자로 태어났어야 하거나 학벌 세탁이라도 했어야 하나 하는 생각으로 괴로웠다.

　　나는 변함없이 나인 상태로 글을 썼는데. 바로 그것 때문에 누군가 내가 쓰는 글을 그 자체로 보지 않는다면 어떻게 해야 할까. 나는 내가 여자이거나 ○○대학교이거나 하는 이유가 아닌 글 자체로 가치를 드러낼 수 있을 거라는 믿음이 있었고, 그건 그 순간이 실제로 도래하지 않더라도 내가 하는 일이 가치 있다는 믿음을 유지하기 위해 반드시 필요한 것이었다. 그런데, 간신히 믿어오던 것이 흔들렸다. 그래도 어쨌든 결과로써 보여주면 될 일이라 여겼음에도, 내 성과보다 '나'에 대한 여러 가지 사회적 편견에 압도되는 것만 같아서, 그것이 내가 주위 환경에 휩쓸리지 않기 위해 구축해 왔던 스스로의 기준을 흔들어놓는 것만 같아서 그랬다.

　어쩌면 괜한 열등감은 아니었을까? 어떤 이들은 이런 것이 열등감인가 아닌가 하는 고민조차 하지 않는다는 사실은, 그들이 지닌 것이 '더 나은 것'이어서가 아니라 고민할 필요 없이 '공인된 것'이라 평가되기 때문이다. 선택적인 공정함 위에서 고민하는 이들의 괴로움은 곧잘 열등감으로 치부되곤 한다. 이것이 문학이 그렇게 외쳐오던 공정함에 대한 이데올로기이자 깨부수어야 할 '권력'의 수행이 아니었는지 묻고 싶다.

　좀 시시한 결말일 수밖에 없지만, 그 속에서 내가 압박을 받는 나의 많은 요소들이 실제로 다른 사람들에 의해서 '의지적으로' 배제되는 요인이 아니라고 하더라도 (또는 그렇다고 하더라도) 나는 그러한 '가정假定'과 짐짓 무관해져야만 한다. 내가 믿는 것이 제대로 기능할 수 있을 거라고 여기면서 내 속도대로 나아가야만 한다. 내가 놓여 있는 곳에서 영향을 받으며 만들어나가는 나 자신의 욕망과, 내가 외부의 시선에 의해 배치되는 위치가 번번이 어긋나면서 괴로움은 계속 생겨날 것이다. 하지만 외부의 기준이 아닌 스스로의 속도와 기준하에서 괴로워야 한다. 지금 내가 경험하는 것은 조금 더 나아간 자리에 이르러, 누군가는 없다고 여기거나 보지 못한 것들을 볼 수 있게 하는 '나만이 가능한' 것으로 나타날 것이다.

생활에 대하여

생활감에 압도되는 날이 있다. 프리랜서로 살아가면서 1년에 두 번 정도 치르는 과업의 때가 그렇다. 이번 해에 해야 할 큼직한 일들, 분기별로 예정되어 있는 일들, 짧게는 내달까지 해야 할 일들을 정리한다. 사실 이건 조금 솔직하지 못한 서술이다. 정말로 이 시기에 하는 일은, 앞서 언급한 일정들을 최대한 보수적으로 셈해보고 반년에서 1년까지의 수입을 헤아려본 뒤에 현재 생활 습관을 기준으로 매월의 지출을 셈해 맞대보는 것이다. 돈 걱정이라는 게 미리부터 해봤자 어느 정도는 의미 없고(돈은 조금 더 벌 때도 있고 그렇지 않을 때도 있으니까) 꼭 셈한 대로 가계가 굴러가지도 않지만(더 쓸 때도 있고 덜 쓸 때도 있으니까) 그래도 대강의 수입과 지출을 대조해 본다. 뭔가를 사는 걸 좋아해서 그럴지도 모른다. 이것까지 사도 되나?를 셈해보는 일. 1년에 두 번. 그러고 나서는 우울해한다.

‡

얼마를 쓰고, 얼마를 벌고, 얼마를 저축하는 일을 헤아리는 일을 언제부터 시작했는지 기억나지 않는다. 돈을 벌기 시작한 때부터 자연스레 그런 계산을 하고 있었다. 수능을 친 이래 여러 종류의 일을 해왔다. 단기간 하는 것도 있었고 해마다 계약을 갱신했던 종류의 일도 있었다. 일의 종류에 따른 유동성을 고려해서 '예측 가능한 삶의 범주' 안에 생활을 집어넣는 일이 내게는 필요했고 또 중요했다. 프리랜서의 수입은 부정기적이고 나는 그 부정기를 정기적으로 '통제 가능한 범위' 안에 집어넣어야 했다. 생활의 불안을 해소하기 위한 방법이었다. 생계에 대한 불안은 당장 땅바닥에 나앉을 정도가 아니었음에도 삶을 압박했다. 갑자기 정기적인 수입이 중지되었을 때 아무것도 손에 쥔 것이 없으면 어떡하지? 굶으면 어떡하지? 길바닥에 나앉으면? 실제로 그런 경험을 해본 적은 없지만 생계에 대한 불안함은 언젠가부터 조금씩 침투되어서 어느덧 자연스러운 '생활 감각'을 형성했다.

여윳돈에 대한 감각이 '생활의 유지'로 인지될 필요가 있음은 누구에게나 통용되겠으나, 말 그대로 '여유'에 바쳐지지는 않으리라. 이 '여유분'으로 하고 싶었던 일을 하는 것보다 최소한의 생활을 유지하는 일을 먼저 떠올리고 있어서다. 즉 '여유분'의 비축은 문자 그대로 여유에 바쳐지지 않고 생활의 유지 기간을 늘리는 데 일차적으로 배정되었기에, 여전히 불안의 범주 속에서 움직였다. 하지만 나는 결코 여윳돈이 없어본 적도 없고 무턱대고 감당되지 않는 소비를 해본 적도 없을뿐더러 생계가 위협받아 본 적도 없다. 그러니까 이것은 절댓값의 문제라기보다는 같은 현상을 어떤 식으로 해석하고 있느냐는 차원의 문제일 것이다.

대학을 다니는 동안 종종 기숙사 생활을 했다. 보통은 방학 때였고 운 좋으면 학기 중에도 그리할 수 있었다(수도권 거주자는 학기 중 기숙사 배정 경쟁률이 높았다). 오랫동안 생활권을 공유했음에도 불구하고 좀처럼 합의될 수 없는 생활 감각을 억지로 공생시키면서 서로 참다가 더는 못 참는 쪽이 뛰쳐나오고야 마는 것이 공동생활—혈연으로 묶인—이라는 걸 나는 '가족생활'을 통해 알았다. 일시적인 격리라 할지라도 그 '일시'에마저도 빚지지 않는 것, 그것이 곧 혈연의 공동생활이 가르치는 한 사람분의 독립이었다. 여윳돈이 곧 생활비와 같은 의미로 통용될 수밖에 없었던 시절이었다. 기숙사에 가려면, 그러나 혈연 가족에 빚지지 않고 나가 기숙사비를 대고 밥을 사 먹고 갖고 싶은 물건을 사려면, 이런 '생활'을 하기 위한 돈은 언제나 있어야 했다. (생활에 대한 셈은 그렇게 시작된다.)

기숙사 옆방에 살았던 한 선배는 당시 내가 염두에 두었던 것보다 더 여유 있는 금액을 기본값, 즉 '없는 돈'으로 치며 산다고 했다. 수중에 300만 원이 있다면 그건 없는 셈 치는 돈이라고 했다. 그에게 300만 원은 0원이나 다름없었다. 하던 일을 갑작스레 그만두게 되거나 급전이 필요한 순간, 몇 달이나마 생계 활동을 중지한 채로 생활에 보탤 수 있는 금액이 그 정도라고 했다(아마 대학생 기준이었겠지만). 또는 생활과 무관하게 이 정도의 '최소치'를 잡아야지 하고 싶은 일들을 드문드문이나마 하면서 살 수 있다고 했다. 이 셈법이 실제로 얼마만큼의 효용치가 있는지는 중요하지 않다. 그러니까 300만 원이란 값이 적당하냐 아니냐의 문제가 아니다. '300만 원'이라는 건 최소치의 생활과 최소치의 여유로서 믿는 구석이라는 의미다.

✝

한 사람분의 고독과 외로움을 완전하게 소유하는

것. 나는 이것을 독립이라 부른다. 독립은 이렇듯 고달픈 것이기도 해서 어떤 사람들은 독립 대신 동거를 선택한다. 최후의 고립될 공간이 있다면 동거의 한 부분도 독립이 될 수 있다고 생각한다(그럼에도 독립과 동거는 좀 다른 문제이긴 하지만).

'여윳돈'에서 비롯된 생활 감각은 내가 독립하는 데 분명 보탬이 되었으며, 앞으로 더 큰 공간에서 고립을 느끼기 위해 필요한 것임은 분명하다. 그토록 바라던 혼자 된 생활의 시작은 의외로 혼자가 돼서 너무 좋다, 라는 감상 이전에 나 스스로와 덩그러니 남겨진 자신에 대한 어색함 같은 걸 생활로 받아들이는 일이었다. 이 친구(나)는 때때로 내가 기분이 몹시 나빠졌을 때 나를 위로하기는커녕 같이 기분이 나빠지는 경향이 있고, 내가 아주 기분이 나빠지기 전에 그런 상태에 빠져들지 않을 수 있도록 기분 전환이 될 만한 뭔가를 억지로 하게끔 만들기도 했다. 그럼에도 나는 종종 '벗어나기 위해 노력'하는 그 행위가 마음에 안 들어서 완전히 비위가 상해버리곤 했다. 타자로서의 '나'는 독립을 경유하며 조우한 손님이었고, 그 '나'를 달래고 살아가는 게 너무 싫고 지치고 당혹스러워서 완전하게 타인인 존재를 희구하게 되기도 했다. 스스로가 아닌 완전한 타인의 돌봄과 시선이 필요하다는 것을 느끼게 하는 것 또한 독립을 통해 마주한 또 다른 사실이었다. 나는 '여윳돈'으로 독립을 샀지만 그것만으로 어떻게 안 되는 생활의 국면을 또다시 마주했을 때, 이 난처함은 어디서, 왜 온 걸까. 만족스러운 독립 라이프를 만들어갈 '여윳돈'이 아직 부족하거나, 여윳돈이라는 것 자체만으로는 안 되는 것이거나…….

어쩌면 돈으로는 어떻게 해결할 수 없는 타인에게 의존하고자 하는 갈망이 문제일 수도 있고, 그 갈망을 별거 아닌 걸로 무시해 버릴 만큼의 '여윳돈'을 아직 덜 모아서일 수도 있다. '여윳돈'은 생활 감각이나 정서적 안정감의 측면에서 너무도 중요한 것이지만 늘 어느 정도의 불안과 안정에 대한 결핍을 동반한다. 그래서 나는 '여윳돈'으로 개선된 생활 속에서도 여전히 불안하고 외롭고 고독하며 예상보다는 좀 덜 기쁘고 좀 더 우울한 기분을 느낀다.

✝

올해 첫 번째 셈을 끝내고 얼마간은 생활을 위해 바쳐지는 생활에 압도되어 우울해하면서 나는 구태여 홀로된 공간에서 더 '사적인' 공간을 사들였다. 생활의 영역에서 벗어난 더 작은 개인적 공간. 나는 자동차를 샀다. 때때로 다른 사람의 차를 탈 일이 있을 때마다, 자동차는 움직이는 방 같다고 생각했다. 이것저것 짐이 많은 사람도 있고, 최소한의 물건만을 둔 사람도 있다. 자동차라는 공간은 그만큼 쓰는 사람의 일면을 보여준다. 집에서 나는 꽤 잡다한데(놀러 오는 사람마다, 그들이 내게 기대했던 것보단 많은 물건이 있다고 말했다) 자동차에는 뭘 좀 덜 집어넣으려고 해봤다. 그래봐야 어딘가 수납공간에 잘 감춰둔 것일 뿐이지만. 미니멀이라는 게 '없음'의 문제가 아니라 눈에 띄지 않아서 없어 보이는, 그러니까 물건과 물건 사이의 거리가 먼, 공간의 크기 문제라는 건데, 뭐 아무튼.

오로지 스스로에 기대어 움직이는 공간 속에서 나는 어떤 것들은 좀 더 빨리 판단해야만 하고 모든 판단에 대해서는 오롯이 혼자 책임져야 한다. 그런 책임감 때문에 운전하는 일은 늘 고단했고 여전히 그렇다. 그럼에도 홀로 된 공간에서 지체할 수 없고 그래서는 안 되는 시시때때로의 판단 앞에 놓이면서 혼자의 결단을 마주하는 일. 별수 없이 홀로 된 공간에서 홀로 된 조작을 할 때에야 가능한 일을 한다. 마치 생활하는 일처럼.

이모할머니의 장례식

2023년 말 비가 주룩주룩 내리는 날에 한 친척에게 연락이 왔다. 이모할머니 발인이 언제냐고 물었다. 이모할머니 발인이라니? 당혹을 감추지 못하고 전화를 건 내게 엄마는 경기도의 한 장례식장에 있다면서 일이 바쁠 것 같아서 알리지 않았다고, 발인은 내일이라고 말했다. 나는 집을 나섰다.

퇴근 시간이 맞물린 데다 종일 비가 내린 참이었다. 차선은 잘 보이지 않았고 초행길은 더러 험했다. 나는 왜 이렇게 허둥대는가. 왜 이렇게 마음이 급한가. 엄마 말처럼 차라리 모르고 지나갔으면 지나갔지, 굳이 소식을 듣고도 못 갔다면 더 마음이 불편했을 것이다. 그래서 이렇게 황망한 마음으로 장례식장으로 가는 것이리라. 그런데 나는 왜 이 장례식장에 오지 않았다면 마음이 불편했을 거라고 여겼던가⋯⋯. 이모할머니와 각별한 기억이 있는 것은 아니지만 내겐 '이모할머니'란 이름으로 부를 수 있는 사람이 있다는 것 자체가 특별했다. 다른 사람들에게는 없는 것 같아서 더욱 그랬다.

이모할머니는 멋쟁이였다. 어렸을 때, 그러니까 초등학생 때까지는 이모할머니와 자주 왕래했다. 이모할머니의 집에 가면 이모할머니의 새로운 사진들이 추가되어 있었는데 구경하는 재미가 쏠쏠했다. 앵무새와 찍은 사진은 아마도 홍콩에 다녀와서였다고 했던가. 이모할머니가 매일 머리에 얹고 다니는 선글라스만은 어느 사진에서도 변하지 않았지만 이모할머니가 찍힌 곳은 매번 바뀌었다.

오랫동안 이모할머니가 결혼하지 않은 사람이라는 것을 인지조차 못 했다. 그만큼 남편이나 자식 여부 같은 것은 이모할머니를 설명하는 데 필요한 요소가 아니었다. 이모할머니의 집에서 놀다가 돌아온 어느 날 엄마에게 물었다. "엄마, 이모할머니는 남편이 없는 건가?" 엄마는 그렇다고 말했다. "자식도 없는 거지?" 역시 그렇다고 했다. "원래부터 없었나?" 그렇다고 했던가, 모른다고 했던가. 이 대화는 '그러고 보니 할머니라는 존재는 대개 남편과 자식이 있는 것 같던데 나의 이모할머니는 아닌가?'

라는 질문을 재차 확인하는 정도였을 뿐이다. 이모할머니는 남편과 자식이 없구나? 그렇구나. 그걸로 끝.

　　이모할머니가 혼자만의 가정을 꾸리고 살아간다는 것은 내게 이상한 사실이 아니었다. 결혼을 했네 말았네 하는 것조차도 뒤늦게 든 의문이었던 데다 그것은 이모할머니를 규정짓는 어떤 조건이 되지 못했다. 이모할머니는 내게 그런 존재였다. 딱히 '1인 가정 여성'이라든지, '결혼하지 않은 여성'이라든지가 아니라 그냥 원래부터 그런 상태의 이모할머니였다.

　　엄마의 말로는 이모할머니가 예전에 중국집에서 일했다고 한다. 그래서인지 이모할머니는 가끔 탕수육을 만들어줬다. 고기에 밀가루옷을 입혀 튀기고, 소스를 만들었다. 당근, 양파, 오이 따위를 썰어 넣었다. 엄마가 나중에 회고하기를, 중국 음식에 설탕이 그렇게나 많이 들어가는 줄 그제야 알았다고 했다. 확실히 이모할머니가 만들어주는 음식은 매우 맛있었는데, 아무래도 설탕을 아끼지 않아서인 것도 같다. 이모할머니가 한번씩 만들어주던 핫초코도 그랬다. 허쉬초콜릿 가루와 우유와 이것저것 넣어서 만들어주었는데, 허쉬초콜릿 가루는 어떤 단맛도 없었다. 나중에야 이모할머니가 만들어준 완벽한 핫초코를 만들기 위해서는 초콜릿 가루와 함께 설탕을 듬뿍 넣어야 한다는 걸 알았다.

　　장례식장에는 이모할머니의 일가친척들이 모여 있

었다. 거의 20년도 더 전에 본 이들이었다. 어렸을 때 꽤 왕래를 해서인지 누가 누구인지까진 몰라도 낯이 익었다. 나와 비슷한 또래인 그들의 자녀들 소식도 들을 수 있었다. 대개 결혼을 하고 아이를 낳았다고 했다.

그렇게 지내는구나, 했다. 그러나 그들은 그렇지 않았다. "우리 딸은 결혼했는데 은실이는?" "언제 결혼하니?" "나이가 몇인데? 빨리 결혼해야지." 작은할아버지 부부가 번갈아 말을 걸었다.

그런가? 나는 결혼을 해야 하고 이왕이면 빨리 해야하나? 한두 번 흘려듣고 난 뒤 세 번째쯤 되자 궁금해졌다. "왜요? 왜 빨리 결혼해야 되는데요? 작은할아버지는 어떤데요? 결혼하니까 어떠셨어요? 경력자로서 괜찮다고 하시면야 저도 한번 생각해 보려고요." "결혼을 뭐 좋아서 하고 그런 게 어딨어, 그냥 하는 거지." "아이를 낳아야 하니까. 이제 조금 있으면 아이 낳기 힘든 나이잖아. 이모할머니를 봐. 이모할머니 말년에 자식도 없어서 외로우셨잖아."

그런가? 이모할머니가 외로웠나? 벌써 한 10년 전쯤 항암 치료를 시작할 무렵 병원에서 본 모습이 마지막인 나는 이모할머니가 외로웠는지는 잘 모른다. 하지만 적어도 이모할머니는 조카손녀에게 연락해서 내가 이렇게 아픈데 너는 전화도 한번 안 한다고 말하는 사람이 아니었다. 오랜만에 보면 뭐 하러 여기까지 왔냐면서도 음식을 바리바리 챙겨주고 "고년 어렸을 땐 참 예뻤는데, 어렸을 때 니가 눈이 얼마나 똥그랗고 커다랬는지 아니, 지 아빠 닮아서 눈이 쪼그매지나, 아니야, 지금도 예뻐" 하는 사람이었다. 그런 이모할머니라서 자신의 말년 뒷바라지를 '위해' 아이를 낳아 키웠을 것 같지는 않다. 내 앞에서 그런 말을 주워섬기는 촌수를 모르는 친척 어르신도 그런 의도로 자녀를 낳아 키우진 않았을 것이다.

대화에 약간 피로감을 느낄 무렵, 이모할머니의 친척 동생으로 추정되는 할머니(엄마는 '고모'라고 했는데), '고모님'이 등장했다. 고모님은 부유해 보였다. 취미로 미술을 한다고 했는데 이야기를 들어보니 취미 수준이 아닌 듯했다. 잘 알려진 미술관이 주최하는 대회에서 입상해서 전시장에 그림이 걸린 적도 있다고 했다. 우리 모부에 비해서도 한 열 살은 많아 보였는데, '모신다'는 느낌보다도 '대화한다'는 인상을 주는 어른이라는 점이 그녀에 대한 호기심을 불러일으켰다. 물론 그녀는 나와 '대화'를 한다기보다는 자기 이야기를 하는 걸 좋아하는 것 같았지만 그조차도 흥미로웠다. 이모할머니에게 내가 글을 쓴다는 이야기를 들었다면서 "나는 평론은 잘 모르는데 그래도 내가 예전에는 글을 좀 읽었거든? 요즘에는 눈이 나빠서 긴 글은 잘 못 읽지만. 평론가가 그림을 봐준다고 하니까 떨린다 얘" 하셨고, 나는 휴대폰으로 고모님의 그림을 구경하면서 여러 이야기를 나눴다.

고모님은 우리가 모르는 이모할머니의 '진짜 말년' 이야기를 전해줬다. 이모할머니가 항암 치료를 그만두었을 무렵, 마찬가지로 항암 투병 중이던 고모님의 친언니를 데리고 셋이 자주 여행을 다녔다고 했다. 조금은 속물 같게도, 나는 고모님의 계급을 계속 셈해보는 중이었다. 고모님은 운전을 할 줄 아시는구나. 아까 미술은 한사코 취미라고, 나이 들고 취미를 진지하게 계속하는 건 좀 별로인 것 같다고, 그래서 지금은 그리지 않는데 마침 이사를 하면서 평수를 좁혔더니 그림 놓을 공간이 줄어들어서 자연스럽게 미술과 거리를 두게 되었다고 했다. 그런 이야기를 떠올려보면 고모님이 운전을 한다는 사실이 예사롭지 않게 들렸다. 노년의 여성이 운전을 하는 경우는 두 가지라고 생각한다. 생활(노동)을 위한 운전이거나 자동차 소유가 가능했기 때문에 일찍이 시작한 운전이거나. 고모님의 경우 완벽하게 후자처럼 들렸다.

고모님의 말에 따르면, 얼마 전 돌아가신 고모님의 언니와 나의 이모할머니는 거동이 불편해지기 전에, 그러니까 고작 몇 달 전까지도 국내 곳곳을 돌아다녔다. 두 분을 휠체어로 모셔야 했기 때문에 고모님은 케이블카를 한번 타려면 주변에 휠체어를 내릴 공간이 있는지, 휠체어를 끌고 탑승장까지 갈 수 있는지, 케이블카에 휠체어 탑승이 가능한지를 전부 알아봐야 해서 땀이 뻘뻘 났다고 했다. 또 환자들을 계속 기다리게 할 수도 없어서 왔다

갔다 정신이 없었다고 했다. 그러면서도 케이블카를 타면 그렇게들 좋아하는 모습에 자신도 신났다고 했다. 그때 찍은 이모할머니 사진을 보여주면서 이거 보라고, 이게 고작 몇 달 전인데 이때만 해도 누가 당장 돌아가실 줄 알았겠냐고, 너무 건강해 보이지 않냐고 물었는데 정말 그랬다. 다리를 사선으로 꼬고 손으로 브이를 하고 선글라스를 낀 이모할머니. 이모할머니는 말년까지 이곳저곳을 여행하면서 사진을 찍었고, 마음에 드는 사진으로 메신저 프로필을 자주 바꿨다고 했다. 자기의 예쁜 모습을 보여주고 싶어 했던 것 같다고 고모님은 말했다.

그러니까 고모님의 말에 의하면, 이모할머니는 말년에 자식이 없어서 불행한 사람이 아니었다. 오히려 남편과 자녀 없이 돈이 많고 인정이 넘치는 일가친척의 돌봄과 우애에 기대어 말년까지도 행복하게 여행을 하다가, 이렇게 식구들이 바글바글 모인 장례식장에 모셔진 것이었다. 어느 정도는 풍요로운 재산 덕분이었겠지만…… 어쨌든 좋은 선례이지 않은가? 결혼과 무관하게, 좋은 가족들을 만나 행복하게 살다 가셨으니까.

그런데 또 고모님의 기억 속에서, 이모할머니는 눈이 너무 높아서 혼기를 놓치고 혼자 살게 된 여성으로 둔갑되기도 했다. "너희 이모할머니가 얼마나 예뻤냐면 옛날에 길을 걸어 다니면 캐스팅도 들어오고 그랬어. 그때는 연애나 남자에 전혀 관심이 없어가지고. 그런데 나이를 먹다 보니까 이래저래 결혼 때를 놓쳤는데, 이제 눈이 높아져서 누구를 만나겠냐고. 나중에 어떤 나이 많은 남자의 후처 이야기가 들어왔었는데, 눈에도 안 차지."

결혼을 하는 데는 여러 가지 이유가 있을 것이다. 진화론적으로 종족 보전을 위해서거나 혹은, 고모님의 말을 적극 참고해 보자면 살 만해서인 걸까. 내가 문학을 통해 알게 된 많은 여성들의 결혼은 '보호자 남성'의 세계가 난폭할지라도 그에 속해 있지 않으면 생존의 위협을 받기 때문에 선택된 것이었다. 고모님이 생각하는 결혼이란, 또는 작은할아버지 부부가 당신의 자녀를 통해 말하는 결혼이란, '그냥 때 되면 하는 것'이었다. 그런데 결혼이란 게 그냥이 되나. 같이 살 사람 문제는 둘째 치고 집이고 재산이고 살림이고 다 사서 합쳐야 하는 건데. 아, 그러니까, 적어도 나의 부유한 친척에게 결혼이란 이것저것 하다 때 되면 혼기 맞춰 하는 일인지도 몰랐다. 말하자면 전혀 돈 문제는 아닌 것.

만약 그렇다고 해도, '눈이 높아서 혼기를 놓친' 이모할머니가 결혼을 하지 않게 된 건 역시 그녀가 특별히 가난하지 않았고, 부유한 일가친척을 두었고, 그들과 돈독한 사이였다는 동일한 조건 때문이기도 했다. 그들이 결혼을 해야 한다며 꼽은 요소들은 결혼을 하지 않아도 되는 이유로 상쇄됐다. 이모할머니, 이모할머니 살아생전한 번도 의구심을 가져본 적도 없는 이모할머니의 결혼 문제가 사후에 이렇게까지 이야기가 되고 있습니다…….

　　장례식장을 나서는 순간까지 어떤 친척은 내게 어서 결혼하라고, 다음번에는 '좋은 소식' 전해줘야 한다고 했다. 계속해서 이모할머니 이야기를 하면서 그랬다. "이모할머니 봐, 말년에 자식이 없어서 그렇잖아, 응응, 다음에는 좋은 소식 전해줘" 그랬다. 다만 웃어 보이고 나오려던 우리 가족을 보고 고모님도 같이 나가시겠다고 했다. 집에 갔다가 다시 오겠다는 것이었다. 로비를 잠시 서성거리던 나는 고모님이 곧 에쿠스를 몰고 나와 친척들과 인사를 나누는 것을 보았다. 고모님, 고모님같이 부유하고 너그러운 친척이 있다면 저도 굳이 '말년 때문에' 결혼을 할 것 같지는 않은데요, 물론 그런 친척이 없더라도 남편으로 그걸 상쇄할 수 있을 것 같지도 않고요……. 이들을 통해 들은 이야기는 어쩌면 이모할머니가 가시는 길에 내게 해주고 싶은 이야기였을지도 모르겠다. 그것을 얼마나 제멋대로 해석하든…….

아는 게 힘, 모르는 게 약

그만두기로 했다.

　관계의 단절은 앞으로 서로가 싫은 것은 하지 말자는 약속이면서, 서로가 좋은 것도 하지 말자는 페널티에 동의하는 일이다. 이것에 합의한 이상 그 누구도 책임지고 감당하기로 한 것에서 벗어날 수 없다. 서른 넘으면 관계 단절을 위해 힘써야 할 일이 전만큼은 없을 줄 알았는데 앞으로도 영영 그런 일만 남은 듯이 기어코 몇 개 남지도 않은 인간관계의 가지가 하나씩 잘려 나갔다. 별스러운 기억력을 동원해 인생의 온갖 우여곡절을 끄집어 내다 속만 시끄러워졌다. 도대체 왜? 걔는 왜? 얘는 또 왜? 내게 왜 이런 일이?

뭘 알고 나야 속이 시원할까. 한 잡지 뒤표지에서 '아는 게 힘 모르는 게 약'이라는 글자 앞에서 고민하는 캐릭터를 보았다. 뭐가 힘이고 뭐가 약이라는 거며 도대체 뭘 고민하는 거야? 그다지 딜레마에 빠질 만한 표현도 아니었건만 캐릭터는 두 문장을 두고 고심에 빠져 있었다.

아는 것은 힘이다. 뭔가를 알려고 하면 힘이 필요하다. 조금은 애써야 한다. 한편 모르는 게 약이라는 말을 '모르는 게 차라리 낫다' 정도로 치자면 모르는 것은 치유에 가깝다. '낫다better'가 '낫는다cure'는 뜻은 아니지만, 모르는 편이 차라리 인생에 도움이 된다는 뜻으로 치자면 '나아진다'는 의미로 볼 수 있을 것이다. 뭔가 나아졌다는 것은 힘 뺄 일을 좀 줄였다는 뜻이기도 하니까. 그래서 모르는 것은 도움이 되고 약이 된다. 힘 빼지 않고 힘 보태는 일이다. 자신도 모르는 채 힘을 쓰지 않고 채울 수 있다. 치유에도 얼마간의 애씀은 필요하지만 모르는 상태로 치유되는 일에서만큼은 '힘내야 한다'는 의식에서 멀어진다.

그러므로 두 말은 딱히 대치되는 말도 아니다. 아는 것과 힘내는 것, 애쓰는 것은 연결되어 있으며 모르는 것은 모르는 채로 괜찮은 것이므로 힘들이지 않는 것이다. 앎으로써 힘들이고 힘을 얻고 그것이 약이 되고, 모름으로써 힘을 빼고 힘을 채우기도 하는 것.

나는 아는 게 힘이라는 말을 '힘이 든다'는 말로 해

석한다. 많은 경우 뭔가를 알고 나면, '알게 되었다'는 사실만으로 힘에 부친다. '안다'는 것이 곧 세계와의 갈등을 시작하는 기폭제가 된다 할지라도 이미 알게 된 '이후'에는 모르는 상태로 되돌아갈 수가 없다. 자신이 어떤 것을 '알게 됨'으로써 그것을 외면하지 못하는 것과 갈등하거나, 알고 있음을 외면하고 있음에 괴로움을 느끼며 지속적으로 '앎'의 상태와 부딪고야 만다. 그래서 아는 것은 힘strength이고 힘이 드는effort 일이다. 이미 알기 시작하면 몰랐던 때로 돌아갈 수는 없다. 모르는 채로 치유되는 것은 모르는 채로 자연스러운 것이므로 에너지로 쓸 힘이 필요할지언정 애써 '모르고 있음'을 유지하기 위한 힘이 필요한 것은 아니다. 하지만 알고 있음은, 그렇다는 사실에서 고개를 돌릴 수 없게 하기에 버티든 저항하든 힘을 필요로 한다.

알아서 힘든 것들이 있다. 더는 모를 수 없게 된 것들. 어떤 것이 폭력이라는 것. 내가 한껏 밀어냈던 폭력의 세계가 진작 내 영역 안에 진입해 있었다는 것. 페미니즘을 접하고 난 뒤 어떤 사회적 갈등 요소의 근간에 성차별이 있음을 눈치채고야 만다는 것. '이것이 차별'이라고 주지하기 이전부터 쌓여온 수많은 경험이 어떤 차별을 '느끼게' 만들었다는 것. 수동 공격적 발화가 어떤 것인지 안다는 것. 사람이 자신을 보호한다는 이유로 어떤 식의 회피와 공격성과 의존성을 보이는지 안다는 것. 그 행위의 이면에 어떤 마음이 있는지 짐작할 수 있다는 것. 이 모든 의도와 마음을 수면 아래에 두고는 모르는 척, 혹은 아닌 척 대화하는 방식이 해롭다는 것. 사람을 싫어한다는 게 무슨 뜻인지 안다는 것. 싫어하는 방법을 안다는 것. 심한 욕을 안다는 것. 그중 어떤 표현이 저 사람에게 유독 해로울 것인지 안다는 것. 내가 남을 모욕하는 방법을 잘 안다는 것. 싫어하기 위해 엄청나게 힘들이고 있다는 것을 안다는 것. 이 모든 것은 단지 '알아서' 힘든 게 아니라, 알고 있는 것에 어떻게 대처할지 결정해야만 한다는 점에서 '힘든' 것이다.

알고 싶지 않았던 것을 알고 난 뒤 문제의 핵심을 당사자와 해결할 수 없음을 확인하고 나면 내적 갈등이 본격화된다. 이 앎의 답답함을(알고도 답답한 상황이라니) 다스리려 노력해야 한다. 힘을 들여야 한다. 이해하고 싶지 않고 그냥 모르는 척 도망가 버리고 싶지만 모르는 척을 하기 위해서도 힘은 들고, 덜 힘들기 위해 이해해야만 한다. 그러면 어쩔 수 없이 이해하기 위한 힘이 들고 그것만으로는 어떻게 안 되는 것에 힘이 든다는 사실을 알면서 힘이 들고……. 모르면 모르는 대로 몰라서 나았구나 하고 훗날 생각할지언정, 나는 대부분 닥치는 대로 힘들여 아는 쪽을 택해왔다.

자기가 덜 힘든 쪽을 고르는 게 가장 좋은 선택인 법이다. 더 나은 쪽이 아니라 덜 나쁜 쪽을 고르는 것도 같은 이유일 것이다. 모르는 대로 약인 것보다 알아서 힘든 게, 차라리 덜 힘들다고 생각하니까 그렇게 해왔을 것이다. 하지만 달리 생각하면 '모르는 것이 약'이라는 것을 '알지 못하기' 때문에 늘 뭔가를 알기로 결정해 왔던 것은 아닐까? '아는 것이 낫다'고 생각하는 것에는 무지한 채로 어딘가의 한복판에 덩그러니 놓여 있다는 것에 대한 공포나 불안이 있기 때문은 아닐까? 자신의 문제를 대면하지 않으려던 사람들을 겪으면서 너무나 힘들었기 때문에. 그들과의 관계를 모르는 상태로 둔다면 나 또한 누군가에게 그런 식으로 굴게 될지도 모른다는 우려 때문에. 사람이 자신의 최선을 다한다는 게 자신'만'을 위한 행위일 뿐만 아니라 남에게 영향을 미친다는 걸 알았기 때문에. 그들의 '모르는 척'하는 성질이 나를 너무나 괴롭게 했기 때문에 '알아야만 한다'고 생각해 왔던 게 아닐까? 내가 모르는 것이 그들이 내게 모른 척해왔던 방식과 결코 같지는 않을 것임에도 그렇게 상상해 왔기 때문이 아닐까? 모른다는 것으로 일관하는 것이 타인을 너무나도 괴롭게 하고 (그렇다고 '모른다'고 주장하는 사람을 편안하게 하는 것도 아닌) 그러니까 나로서는 뭐든 아는(알아내는) 편이 낫다는 방식의 상상.

　이런 지나친 질문조차 이미 많은 것을 알고자 함에서 비롯된다. 내가 아는 것이 과연 아는 것일까? 보이는 것을, 믿어지는 것을 곧바로 믿을 수 있을까? (믿어도 될

까?) '아는 것'에 대한 불안은 이토록 지나치게 힘을 쏟게 만든다. 아는 것은 힘이지만, 힘이 들기만 해서는 안 된다. 힘이 되기도 해야 한다. 그래서 이번에는 '모르는 게 약'을 택하기로 한다. 그래도 알고야 말아야겠다면, 모른다는 상태를 앎으로써 약으로 삼기로 한다. 나는 어떤 친구와 더 이상 연락하지 않게 된 이유를 모르고(알고 싶었고), 어떤 사람이 나를 그토록 괴롭게 했던 것에 대한 이유를 알면서도 그것이 맞는지 확인하고 싶다(모르고 싶다). 어떤 사람은 왜 자기의 의존적 행위로 한사코 다른 사람을 힘겹게 만듦으로써 안정을 느끼고 싶어 하는지 이해가 안 되고(이해하고 싶고) 그런 사람을 기어코 받아주고자 하는 저 마음이 도대체 뭔지 모른다(알고 싶다).

이 모든 '알고 싶음'은, '저것을 전부 알 필요가 없다'고 결정한 지금으로 귀결될 수밖에 없는 모든 행위성의 근거이자 원인이다. '모르기로 함'이라는 결론에 이르는 것이 최선, 이라는 뜻이다. 전부 모르겠어도 뭐가 됐든 '이렇게 된 것이 최선'인 것만큼은 분명하게 알 수 있는 사실이라면 어떤 일들은 모르는 채로도 괜찮을 것이다.

유감의 역사

하루는 애매한 저녁 시간에 전화가 걸려 왔다. 전에 일을 같이 했던 사람이어서 으레 일 때문에 연락했으리라 짐작했다. 그는 안부차 전화했다면서 지금 모 시인과 같이 있는데 통화를 좀 해보겠느냐고 물었다. 모 시인은 혀 꼬부라진 소리로 "전에 한번 뵀는데요, 제가 주소를 몰라서 책을 못 보내드려서……" 이하 횡설수설. 곧 일정이 있었던 나는 술자리에서 전화를 걸었다는 사실에 불쾌감을 느끼며 전화를 끊었다. 일정을 마친 후 늦은 시간이었지만 나는 그에게 연락을 남겼다. "안부차라고 말씀하셨으니 그리 생각하겠지만 여러모로 적절하지 못한 상황에서 전화하심에 유감"이라고.

그런 일이 있을 즈음 이런 전화가 걸려 오기도 했다. 일면식이 있지만 잘 아는 사이는 아닌, 좀 애매한 의미의 동료(?)였다. 그는 일을 보러 나왔다가 시간이 남았다면서 근황을 털어놓았다. 언제 밥 한번, 술 한번, 그러고 보니 최근에 모 시인이 술을 마시고 갔다며 두서없이 말했다. 나는 전화를 받기 직전에 다른 일로 매우 신경이 날카로워져 있었고, 도무지 이 전화의 용건을 모르겠어서 그에게 물었다. "네, 그래서 무슨 일로 전화하신 건가요?" 그게 뭐 그냥 밥이나 한번 먹자, 술이나 한잔하자는 거였는데 나는 잘 이해가 되지 않았다. 선생님, 우리가 아는 사이긴 하지만 다른 사람과 함께 겸사겸사 밥을 먹었고, 그것 또한 아는 사이가 된 이래 딱 한 번뿐이지 않았나요…….

　그렇게 말하는 대신 나는 그가 기혼자라는 사실을 떠올렸다. "와이프분이랑 둘이 드시면 되죠. 와이프분이 술을 즐기지 않으시면 안 드시면 되죠. 아이가 있지 않으세요? 아이는 지금 누가 돌보고 있는데요? 아이를 와이프와 가족들이 돌봐주고 있는 거라면 일 마치고 얼른 들어가서 육아를 분담해 주시는 게 낫겠는데요." 유야무야 전화는 끊겼다.

　그즈음의 이런 일을 두고 '참 공교롭다'고만 생각했다. 신경이 예민했던 그 무렵 나는 상담에서 돌아오던 길이었다. 거뜬히 한 세대 이상 차이가 나는 기혼자가 뜬금

없이 고백해 왔다는 사실에 당혹스러움을 느끼며 불쾌감에 휩싸여 가던 무렵이었다. 사람의 다양성이라든가, 그러니까 저런 사람들도 저마다 각기 잘하는 어떤 부분이 있겠지(하지만 어쩌라고), 황당한 고백을 자행하고야 마는 욕망만 있는 것은 아닐 것이다(그래서 어쩌라고), 그간 나를 계속 그런 식으로 생각해 오진 않았겠지(과연……). 하지만 어쩌라고? 술김에 전화를 걸어서 안면도 없는 지인에게 전화를 바꿔주거나, 육아의 고충을 말하면서 술을 한잔하자고 연락한다든가, 세대를 막론하고 황당한 고백을 해온다든가. 그 사람들이 어느 분야에서 무슨 일을 얼마나 잘하고 누군가에게 얼마나 좋은 사람이며 어떤 전문성을 갖췄든지 말든지 그래서 어쩌라고? 무슨 마음을 가졌든지 말든지 알 바 아니었건만, 그들이 내게 그런 것을 말함으로써 나는 매우 불쾌해졌다. 누구 좋자고 하는 말인지는 몰라도 나는 싫었다.

　일련의 일에 대해 누군가는 조심스럽게 말했다. 이런 말이 조금 조심스럽기는 하지만, 자기들 딴에는 그런 이야기를 해볼 법하다고 생각해서 그랬을지도 모른다고. 이 말은 상대가 무슨 여지를 주어서 그런 일이 일어났다는 게 아니라, 그들의 사고가 상대의 불쾌나 사회적 관계 따위와 관계없이 자신의 욕망만을 수행하고 그것을 투영하는 대상으로서 상대를 간주하기 때문에 '그런 말'을 할지도 모른단 거였다. 요컨대 '그럴 법한 이유'라는 게 이를테면 일방적으로 저 혼자 상대를 '특별한 관계'로 상정하고 있다든지, 상대가 '30대 여성'이라든지, '결혼하지 않은' '30대 여성'이라든지 하는 것인데……. 황당하게 들릴 수도 있겠지만(그야 황당한 이야기이기도 하고) 요즘 같은 세상에도 남성 중심적인 기준 안에서 여성은 젊을수록 남성은 늙을수록 가치가 높아진다고 믿는 정신적 방종이 일상화된 결과처럼 느껴졌다.

　　30대 여성이 결혼하지 않았을 경우에 결혼하라는 간섭과 더불어 별 이상한 일이 종종 일어난다. 20대에게는 너무도 터무니없어서 감히 드러내지 못했을 욕망을 30대 여성에게는 드러낸다는 게 그런 사례다. 그러니까 20대에도 나는 누군가에게 터무니없는 욕망의 대상이 되었을지언정 그런 욕망을 무슨 가능성이나 있는 것처럼 내게 늘어놓는 뻔뻔한 사람이 많지는 않았다. 한데 30대가 되어서 연달아 이런 일을 겪는다는 게, 어쩌면, 내가 30대라서 그렇다는 건가, 싶은 것이다. 이런 추측이 강한 확신으로 다가온다는 사실 자체가 불쾌하다. 그러나 나는 '그렇다는 건가, 싶은' 게 충분히 타당성이 있음을 느낀다. 30대와 40대, 그리고 그 이상을 향해가는 여성은 기혼이면 기혼이라서, 비혼이면 비혼이라서 대상화되고 타자화된다. 이는 '아줌마', '노처녀'와 같은 명명이나, '예뻐서 그런 거다'라는 식의 발언을 통해 유구하게 드러나왔고, 눈이 높아 결혼을 못 했다느니 하는 말이나, 늙은

데다 한번 다녀왔지만 돈이 많은 남성을 만나보라는 제안이 (놀랍게도) 들어오는 사실로 입증된다.

여성에게 순리대로 나이 들어간다는 것은, 그 사실 자체만으로 긍지를 가지기 어렵게 되는 듯하다. 이는 여성의 의지가 약해지기 때문이 아니라, 그녀가 어떠한 방식으로 존재하든 그녀의 존재 방식과 무관하게 평가되기 때문이다. 이런 상황에서 나이 들어갈수록 단단해져 간다는 것, 불쾌를 '웃음'으로 넘기지 않고 바로 말할 수 있는 사람이 된다는 것은, 자신을 그 자체로 긍정하지 못하게 하는 외부적 요인들로부터 자신을 지키는 일이다. '의연하게 대처할 수 있다'는 건 자기 존재에 대한 긍지로 작동한다. 동시에 정확히 같은 이유('의연하게 대처해야 한다'는)로 생존의 한 방식이 되어버리기도 한다.

'남성 보호자'의 유무, 나이, 그리고 여성이라는 조합에 따라 외부로부터 해석되는 의미가 달라져 갔던 시간을 되짚어 본다 해도, 특별히 대상화되지 않는 시기란 건 없었다. 10대는 10대라서, 20대는 20대라서, 30대라서 그런 일이 발생했다. 20대에도 저런 말을 하는 남성은 있었다. 선심과 우정을 나눴다고 생각한 이가 느닷없는 소리를 했다. 아내와 사이가 좋다는 이야기가 들려오던 사람이었다. 그러니까, 와이프와 사이가 좋다든가, 친구들 사이에서 평판이 좋다든가, 사회적으로 지위가 있다든가 하는 요건들은 헛소리를 하는 데 아무런 장해물이 되지 않았다. 오로지 자기의 마음을 전하지 않으면 안 된다는 저 맹목이, 무슨 '진심' 같은 것이 아니라 사람에 대한 신뢰를 잃게 만들고 사회적 관계에 대한 실망과 더불어 의욕을 잃게 만드는 트라우마적인 사건인 데다 성희롱에 불과하다는 것을, 그들은 낭만이나 찾느라고 염두에 두지 않았다.

아무 때고, 갖은 핑계로 그런 일은 일어난다. 여성이 어떤 상태였든지 간에 그것이 그런 맹목을 실천하면 '안 되는' 요소가 되지 않는다. 모든 나이대의 여성이 약간씩은 다른 방식으로 남성 욕망에 일방적으로 배치되는 폭력적인 기억을 하나쯤 가지고 있다면, 이것은 그들의 어느 시점이고, 모든 연령대의 여성을 갖은 방식으로 대상화하려는 욕망에 의해 타자화된 결과이다. 자기 탓이 아닌 것으로, 심지어 불쾌를 표현했음에도 불구하고 여성은 구태여 살면서 알 필요 없는 '대상화'의 경험을 보편적이고 일반적으로 겪어오는 듯하다. 이런 것은 너무도 '사소'하고 '일상'적이어서, 즉 어떤 여성이든 겪는 일이니까 젠더 위계를 재생산하는 폭력이 아니라고 말할 수 있나?

전하영의 소설 〈그녀는 조명등 아래서 많은 시간을 보냈다〉에는 자신의 소싯적 낭만을, 자신을 선망하는 젊은 여성 학생에게 투영함으로써 애정 관계의 낭만을 추구하는 남성 교수가 등장한다. 그는 자신과 소통하며 지적 자극을 추구해 나가는 여성 학생과 모종의 지적 교류를 내세운 낭만적 연애에 대한 감정을 욕망한다. 그에게 그것이 어떤 감정이었든, 서로 어떠한 합의가 있었든, 그가 지닌 여러 환경적인 요인(중년 남성, 대학 선생)들은 상대 여성(청년 여성, 학생)에게는 호혜성으로 간주되지 않는 사회적 위계를 형성한다. 결과적으로 위계적 낭만을 내세워 일방적 충족을 시도했던 남성 교수의 이 허황된 이야기는, 소설에서만 일어나지 않는다. 또한 소설에서처럼 위계가 분명한 사회적 관계에서만 일어나는 것도 아니다. 어느 연령대의 여성에게든지, 어떤 관계에서든지 그들이 이런 불쾌한 친밀감이나 성희롱적인 낭만을 스스로 허용하고 있다는 것. 이것은 정말 폭력이 아닐까?

모두가 호신용품을 사지는 않는다

매주 금요일 TV 프로그램 〈용감한 형사들〉을 본다. 십수 년 전의 형사 사건을 담당했던 실제 형사들을 초대해, 여러 명의 고정 패널이 그날의 사건을 재구성하고 이야기를 듣는 형식인 이 프로그램을 나는 좋아한다. '좋아한다'고 말하는 편이 과연 옳은가? 이 프로그램에서 언급된 사건은 대개가 성폭행, 특수 사기, 살인 사건이다. 명백한 피해자(대체로 사망자)가 있고 실형을 선고받은 가해자가 있다. 피해자와 가해자가 분명한 사건을 재현하는 일종의 예능 다큐에 '좋아한다'는 표현은 역시 좀 부적절한 것 같다. 그렇다면 이런 표현은 어떨까? 나는 그 프로그램을 '기다리고' 그 내용에 '흥미를 느낀다'. 공교롭게도 이때의 흥미는 프로그램을 보면서 (그것이 전혀 '일반적'이지 않으며 매우 특수한 사건임을 알면서도) 내가 생존의 위기를 느낀다는 데서 기인한다.

시즌 3가 방영되고 있는 현재, 〈용감한 형사들〉에서 다뤄지는 사건의 피해자 대부분은 여성이다. 피해 여성이 생존해 있는 경우 높은 확률로 성범죄와 관련되어 있었으며, 피해자가 사망하거나 사체로 발견된 경우 성폭행의 흔적을 찾곤 했다. 가해에 어떠한 정당한 이유가 있을 수 없는 것처럼 피해 또한 그럴 만한 이유가 있을 수는 없다. '범행 동기'는 사건에서 반드시 발견되고 규명되어야 하는 요소이지만 '범행 동기가 있다'는 사실만으로 범죄의 타당성을 가지기는 어렵다는 뜻일 테다. 범행 '당할' 정당한 이유가 없다는 것은 그저 피해자가 지닌 모든 요소가 원인이 아닌 동시에 피해자가 지닌 모든 요소가 원인이라는 의미다. 나는 이 프로그램의 꽤 많은 사례에 여성인 나를 대입시킨다. 범행을 유발하는 모든 이유로서의 '여성'이라는 것. 이 프로그램이 얼마간은 '생존 백서'처럼 다가오는 이유다.

불안은 많은 여성들의 필수 요소다. 그들이 원하건 그렇지 않건 불안은 여성에게 '주어진다'. 적어도 나의 경우에는 그렇다. 성향에 따라 민감성이 낮거나 높을 수 있고, 개인적으로 특수한 경험을 했는지에 따라 특정 상황에 대한 불안의 민감도가 다를 수는 있겠지만, 어떤 형태이든 불안은 여성에게 생존의 문제와 관련되어 있다. 〈용감한 형사들〉을 보던 어느 금요일에 문득 호신용품을 사야겠다고 생각했다. 휴대했을 때 사고의 위험이 적으면서 재빨리 꺼내 쓸 수 있는 것이 무엇일지 고민했다. 후추 스프레이? 가장 확실한 효과를 보장하는 것은 아무래도 전기 충격기일 텐데…… 함께 프로그램을 시청하던 A에게 물었다. "너는 호신용품을 사야겠다는 생각을 하지는 않지?" A는 조금 머뭇거리는 것 같았지만 그렇다고 말했다.

그날 보았던 에피소드(시즌 3 24화)에서 소개된 두 사건은 모두 여성을 대상으로 한 연쇄적 성범죄였다. 첫 번째 이야기는 성 구매자 남성이 성 노동자 여성에게 불법 마취제를 반복적이고 강제적으로 사용했다가 한 여성을 사망에 이르게 한 사건이었다. 지문이 발견됐음에도 피해자의 신원을 알 수 없었는데, 나중에 만 14세의 가출 청소년으로 밝혀졌다. 포주들이 피해자의 휴대폰을 빼앗고 특정 구역에서 인터넷만 쓸 수 있는 다른 휴대폰을 지급했기 때문에 피해 여성은 위기 상황에서 신고를 할 수 없었을 것으로 추정되며, 포주들이 인근 모텔에서 감시했기 때문에 도망갈 수도 없었다.

두 번째 사건은 연쇄 성범죄자에 대한 것이었다. 범인은 여성이 혼자 살고 있는 거주지(1인 가구가 아니라도, 다른 구성원이 없는 시간에 맞춰 집에 침입한 사례를 포함한다)에 침입해 눈을 가리고 칼로 위협하며 연쇄 성폭행을 저질러왔는데 콘돔을 사용하고 폭행 이후 피해자에게 샤워를 시키는 등의 행위를 통해 단서를 거의 남기지 않았다. 때문에 인근 지역에서까지 오랫동안 벌어졌던 성폭행 사건이 같은 유의 것임을 눈치채는 데 오랜 시간이 걸렸다고 한다. 남성은 성병이 옮을까 우려하여 콘돔을 사용했으며 아내 및 자녀와 거주 중이었다.

가히 충격적인 사건들이었다. 피해자가 오직 피해자였기 때문에 피해자가 되었다는 듯이, 가해에 별다른 이유가 없어 보였다. 그러나 이 말은 반만 맞다. 실제로 별다른 가해 동기가 없었다고 볼 수 있을까? 앞선 두 사례를 기준으로 할 때 '가해를 해야만 하는 이유'의 측면에서 합리적인 사연을 '동기'라고 본다면 그런 동기는 없다고 해야 할 것이다. 바로 그 점, 합리적 동기가 없기에 특정한 모든 것이 동기가 될 수 있다는 바로 그 사실이 호신용품을 사야 할 것 같은 불안감을 느낀 중요한 계기였다. 범행은 우발적이고 무차별적이지 않았으며 따라서 '누구나'를 대상으로 삼지 않았다. 대상은 '여성'이었다. 누군가가 청년 여성으로 '보인다'는 점은 단지 그 사실을 '보여주는' 것에 그치지 않는 것 같다. 내가 청년 여성이라는 이유로 범행의 타깃이 될 수도 있었다. 나의 어떤 행위나 갈등 때문이 아니라 내가 나 자신으로 보인다는 사실이 범행의 근거가 될 때, 나는 도대체 무엇을 (방어)할 수 있을까?

　　하지만 '가해를 해야 하는 이유'에 단지 내가 나였다는 사실이 가로놓여 있다는, 즉 내가 여성으로 존재했기 때문이라는 말 역시 반만 맞다. 범행의 동기를 여성이라고 말해서는 안 된다. 정확히 말해 범행의 동기는 여성이 존재했기 때문이 아니라 범죄자의 여성 혐오에 있다. 자신과 다르지 않은 사람에게는 하지 않을 행동을, 강제로 집행할 수 있을 것 같은 사람에게는 하는 것. 그것이 혐오이며, 혐오는 그런 이유로 사회적 약자를 향해 있다.

　　사회적 약자라는 것을 타의에 의해 깨닫게 되는 일은 그리 유쾌하지 않다. 누군가는 한평생 자신이 사회적 약자라는 것을 알 일 없이 살아간다. 가령 저 프로그램을 보고 나서 호신용품을 사는 사람은 혐오 범죄의 타깃이 '자신'일 수 있겠다고 생각하는 이들이다. 성범죄자가 갑자기 침입하거나 공격해 오는 상황이 벌어질 수도 있다는 가능성이 어떤 이들에게는 당장 일어날 수 있을 것처럼 생생하지만 누군가는 그것이 굉장히 끔찍하다는 것을 '알면서도' 자신이 피해자가 될 수 있으리라 쉽게 상상하지 못한다. 왜 그럴까? 우리는 이미 알고 있는 게 아닐까? 우리가 누구를 사회적 약자로 상정하고 있는지를 말이다.

　　만약 이런 이유로 내가 호신용품을 지니고 다닌다면, 그건 그것대로 나를 화나게 만든다. 내가 나인 것은 잘못이 없으나, 뭔가 잘못된 사람에게 우연히(그러나 이걸 우연이라고 할 수 있을까?) 내가 눈에 띄어서 '불의의 사고'를 당할 수도 있으니까 호신용품을 가지고 다녀야 한다고? 그렇다면 어떻게 해도 '눈에 띌 일이 없는' 사람들은 왜 호신용품을 가지고 다니지 않을까? 주변의 누군가가 '우연히' 그런 일을 겪을 때 그들을 위해 사용하게 될 수도 있는데. 여전히 우리는 혐오에 대한 엄정한 처벌보다 약자의 목숨값을 더 당연하게 생각하고 있지 않나? 게다가 자신은 약자가 아니라고 생각하는 것을 포함해서.

'여자' 아닌 척하기

첫 차는 검은색 그랜저였다. 면허를 따고 얼마 안 되어 막내 이모가 오랫동안 타고 다녔던 차를 물려줬다. 그 차(나는 그 차를 그랑죠라고 불렀다)는 틴팅이 약하게 되어서 누가 탑승하고 있는지 다 들여다보였다. 그 때문이었는지, 맞은편 차로에 있던 차량 속 중년 남성이 창문을 내리고 나에게 뭐라고 소리치면서 경적을 울려댄 적이 있었다. 차를 좀 앞으로 당기라는 것이었을 텐데, 그러기 위해선 나는 보행자 신호인 상태에서 신호 위반을 해야만 했다.

앞 유리가 훤히 비쳐서 여성 운전자인 게 보이는 거야 어쩔 수 없지만, 되도록 '여성 운전자의 차'가 아닌 것처럼 패싱할 수는 없을까?[10] 반쯤은 재미로, 그러나 반쯤은 진지하게 아저씨 운전자가 탑승한 차의 꾸밈새를 주의 깊게 보고 다녔다. 구슬이 달린 갑 티슈를 뒷좌석에 올려둔다든지, 챙이 넓은 카우보이모자 같은 것이 실려 있다든지, 최대한 심플한 검은색 번호판을 달아둔다든지, 종이 지도책을 뒷좌석 유리에 보이게끔 싣고 다닌다든지…… 친구들과 그랑죠를 아저씨 차처럼 보이게끔 만들기 위해 머리를 맞대고 아이디어를 내봐야, 실제 거리에서 마주하는 진짜 아저씨 차의 감수성을 따라가기란 쉽지 않았다. 대시보드에 말린 모과를 놔뒀어야 했나?

적어도 내가 탑승해 있지 않은 상태의 그랑죠가 '젊은 여성의 차'처럼 보이지 않았으면 좋겠다는 바람이 짐짓 심각한 문제로 다가온 것은, 〈용감한 형사들〉을 막 보기 시작할 무렵의 에피소드 때문이었다. 이웃 남성이 한 여성의 개인정보(전화번호, 집 주소, 현관 비밀번호 등)를 알아낸 뒤 해당 여성인 척하며 롤플레잉을 빙자한 성폭행을 사주한 사건이었다. 가해자 남성은 도대체 피해 여

10   2010년대 중반에 방영되었던 EBS 다큐 〈사선에서〉의 한 에피소드에서 '생활안전'에 대해 다룬 적이 있다. 이때 '주차장 범죄 예방 메뉴얼'로 "여성 운전자의 경우 주차장 범죄의 표적이 되기 쉬우니 차 안에 여성 운전자임이 노출될 만한 캐릭터 상품으로 꾸미지 않는다"는 내용을 내보낸 적이 있는데, 무려 이 매뉴얼의 출처가 경찰청이었다. 10년이나 지난 지금, 부디 '여성이 아닌 척하라'는 걸 예방 대책 따위로 내어놓은 당시의 오류를 바로잡았기를 바라지만, 여전히 세간에서 이런 궁여지책을 떠올려야 한다는 사실은 정말 생존에 불편한 일이 아닐 수 없다.

성의 개인정보를 어떻게 알아냈을까? 밝혀진 각종 범행 방법을 보며 들었던 감상은, (아마도 프로그램이 강조하고 싶었던 메시지일) 공권력이 있는 한 완전한 범죄란 없다든가 하는 것보다는, 어떻게든 해코지를 하고자 하면 개인이 피해를 입는 것은 막을 수 없다는 것에 가까웠다. 이웃 여성의 신상을 도용해 성폭행을 사주했던 남성 범죄자는 왜, 어떻게 여성의 신상 정보를 알아낼 수 있었을까? 우선 '왜'는 그 이유가 무엇이 되었든 적절하지 않으니 더 논할 가치가 없다. 그렇다면 '어떻게'? 타깃으로 삼은 여성의 동선을 추적해 거주지로 추정되는 곳의 고지서를 뒤졌을 수도 있고, 주차되어 있는 해당 여성의 차량에서 휴대폰 번호를 알아냈을 수도 있다.

　패널들이 알려준 개인 신상 정보를 보호하는 일종의 팁은 상당히 인상적이고 충격적이었다. 실제로 최근에 차량에 부착된 휴대폰 번호가 각종 범죄에 사용되는 경우가 있으니 듀얼 넘버를 사용하라는 것이었다. 말하자면 한 개의 휴대폰에 두 개의 번호를 사용하는 서비스를 신청하는 것이 범죄 예방에 도움이 될 수 있다고 했다. (하지만 이렇게 작정하고 대상을 물색하는 이를 '예방'할 수 있나?) 차량에 부착된 휴대폰 번호는 보통 사고가 났을 때처럼 긴급한 연락을 위해 남겨놓는 것인데 이제는 그 또한 '감춰져야' 하는 건가? 마뜩잖지만 '운 나쁘게'(거듭 말하지만 이러한 측면이 있다고 해도 이 말을 써야만 한다는 사실에 환멸감이 든다) 타깃이 되느니 '조심'하는 게 나으니까 해당 서비스를 찾아봤다. 듀얼 넘버를 이용하려면 약간의 비용을 지불하고 통신사에 부가서비스를 신청하면 되었다. 그야 꼭 범행 방지가 목적이 아닌 이들에게도 필요한 서비스이기 때문일 것이다. 그런데 내가 이 서비스를 범행 방지를 목적으로 사용하고자 했을 때는 생존을 위한 강력한 필요 때문이지 않나? 이걸 '부가서비스'라고 봐도 좋은 걸까? 어떻게든 타깃이 되면 위험해지는 건 나니까, 라고 생각하면서 끊임없이 생존 비용을 계속 지불하면 나는 과연 더 안전해질 수 있나?

나 자신이 이유가 되기에, 조심하고 감추고 예방해야만 하는 입장에서 '더 안전한' 선택 같은 것은 없다. 나는 이미 범행의 타깃이 되지 않기 위해 각종 '부가서비스'를 이용 중이다. 따져보자면 우연히 시작한 운전에도 그런 측면이 있다. 2023년에 적극적으로 보도된 흉기 난동 사건[11]으로 모두가 패닉에 빠져 있을 무렵, 내게 자차는

11   2023년 8월 서현역 AK플라자에서 한 20대 남성이 무차별적으로 흉기를 휘둘러 사망자 1명, 부상자 13명이 발생한 사건이다. 남성은 곧바로 입건된 이후 사형을 구형받았다. 이 사건을 계기로 사람들은 길을 가다가 별다른 이유 없이, 단지 그곳에 있었다는 사실만으로 범행의 대상이 될 수 있다는 것에 큰 공포심을 느꼈다. 같은 해 9월 보도된 지하철 내 흉기 난동 오인 사건이 이를 보여주는 대표적인 사례다. 한 남성이 지하철 2호선 외선순환 열차에서 승객을 거칠게 밀치고 뛰어나갔고, 이에 흉기 난동이 일어났다고 오인한 시민들이 급하게 대피하는 소동이 일었다. 열차는 잠시 정차했고 도피 과정에서 부상자가 다수 발생했다.

안전을 보장하는 이동 수단이었다. 특정 장소에서 벌어지는 무차별 흉기 난동에 노출되지 않을 방법은 없으나, 적어도 불특정 사람들과 마주쳐야 하는 지하철, 버스 대신 자차를 이용할 수 있다는 것은 편리 이상의 선택지였다. 많은 사람들이 그저 어딘가에 있었다는 우연 때문에 범행의 피해자가 될 수 있다는 공포에 사로잡혀 있었다. 비록 어떤 차량에 '여성'이 탑승하고 있다는 사실이 '때때로' 범행의 동기로 언급되고는 하지만, 그것이 실제로 작동하기 '전'까지는, 내 차량이 아저씨의 것처럼 보인다면 나는 여성이 아닌 존재로 패싱됨으로써 대중교통을 이용하는 것보다 안전할 수 있었다.

무차별 흉기 난동이 특정인을 범행의 대상으로 지목한 사례가 아니라는 점에서 '이동 수단'에 대한 나의 이야기는 꼭 맞는 사례가 아닐 수 있다. 그러나 '단지 그곳에 있었다는 우연'과, '단지 그런 상태로 존재하고 있는 여성 가운데 내가 눈에 띌 우연'은 불안과 공포의 측면에서 크게 다른 걸까? 하다못해 차의 외관에 가려 성별이 특정되지 않는 조건에서의 공포도 이다지 클 수밖에 없는데. 내가 가진 특성, 즉 내가 나인 상태가 범행의 조건에 얼마간 포함되어 있다고 생각한다면, 조심으로는 어떻게 되지 않는 더 큰 공포를 불러일으킬 수밖에 없지 않나? 나 역시 이런 생각을 하지 않고 차량을 그저 편리에 따른, 개성을 드러낼 수 있는 이동 수단으로만 고려할 수 있었다면 더 좋았을 것이다.

'부가서비스'로 친다면 그뿐일까. 현관에 방범 장치를 설치하고 매달 비용을 지불하는 것도 그렇다. 〈용감한 형사들〉에는 1인 가구로 추정되는 여성 대상 범죄가 상당히 많이 소개된다. 해당 범죄의 잔혹성 때문에 선정하기도 하겠거니와 그런 사례가 많기 때문이기도 할 것이다. 범행의 대상이 되는 1인 여성 가구는 동거인이 부재한 상황의 여성 거주자를 포함한다. 이런 식이다 보니 세상이 얼마나 여성에게 많은 페널티를 주고 있는지 모르겠다는 생각이 절로 든다. 여성이면 범행의 대상이 되고, 그렇다고 '부가서비스'에 언제까지고 비용을 지불할 수도 없고, 안 하자니 불안하고, 이러지도 저러지도 못하는 상황을 이해받지 못하는 경우도 상당히 많고……의 반복. 그러니, 사건을 해결하고 '보호받는' 것만으로는 아무래도 충분하지 않다.

현관 방범 장치를 설치한 계기는 물론 있다. 내 불안은 허상이 아니었다. 어느 날 누군가 우리 집 벨을 눌렀다. 모자를 쓴 남성이었다. 주말이어서 택배가 올 가능성이 낮았고 뭔가 주문한 것도 없어서 문을 열지 않았다. 조금 뒤에 혹시 뭐가 왔나 해서 문을 열었는데 남자가 아직 서 있었다. 거동이 불편해 보이는 노인이었는데, 1층을 가려고 하다가 ○층에 내리게 되었다면서 엘리베이터를 잡아달라고 말했다. 머뭇거리다가 1층을 잡아주고 온 나는 직후부터 주말 내내 불안감에 시달렸다. 역시 문을 열지 말았어야 했나? 엘리베이터를 잡아주지 말았어야 했나? 잠깐 문을 열었던 걸로 혼자 사는 사람처럼 보였을까? 우리 아파트 거주자는 맞나? 주말에 관리 사무소가 열지 않아서 문의해 볼 수도 없었다.

월요일이 되자마자 관리 사무소를 찾아갔지만 남자가 누구인지 확인할 수 없었다. 관리자로부터 그런 사람이 오면 문을 열어주지 말라는 말을 들었을 뿐이다. 저도 알죠. 그런데 이미 문을 열고 엘리베이터를 잡아준 걸 어떻게 하나요……. 방범 서비스를 바로 알아봤다. 매달 얼마를 지불하는 형태였다. 필요하다면 유사시에 방범 업체에 출동을 요청할 수도 있었다. 나 혼자만 불안을 느끼는 건 아닐 텐데 사설 업체를 고용해서 이 불안을 해소하거나 '예방'을 한다는 게 도저히 납득이 되지 않았고, 여전히 그렇다.

그로부터 며칠 뒤 노인을 아파트 단지에서 보게 됐다. 거주자인 모양이었다. 내심 안도했지만 불안이 가시지는 않았다. 한 젊은 남성은 이 이야기를 듣고 난 뒤 매우 불쾌해하며 할아버지를 의심한 것을 미안해해야 한다고 말했다. 그는 '미안해해야 할 사람'을 잘못 겨냥하고 있었다. 나는 그에게 미안하지 않다. 이런 불안에 시달리도록 만든 혐오 정서와, 그것을 은연중에 수용하고 있는 사람들이 미안해해야 할 일이다.

이 일이 결정적이기는 했지만 이 일만으로 방범 장치를 설치하게 된 건 아니다(지긋지긋하게도!). 몇 번 정도 한 여성이 벨을 눌렀다. 누구냐고 거듭 묻는 말에도 정확하게 대답하지 않았다. 이 집에 아주머니가 살지 않느냐고 했다. 처음에는 잘못 오신 것 같다고 돌려보냈다. 문은 열지 않았다. 다음에 또 같은 이야기를 하며 문을 두드렸다. 그런 사람은 없다고 했지만 문고리를 잡아 돌렸다. 화가 났다. 도대체 누구시냐고, 왜 대답하지 않으시냐고 물었다. 아마도 전에 이 집에 살았던 사람의 지인이었을지도 모른다. 하지만 두 번이나, 그것도 문을 열어주지도 않는데 문고리를 돌리면서 그런 이야기를 하게 되면, 불쾌감과 불안함을 느낄 수밖에 없다.

노인 남성의 방문과, 여성의 방문 뒤에 나는 방범 장치를 설치했다. 공교롭게도 그 이후, 친절을 베풀었을 뿐인데도 불안에 떨어야 하는 일이나, 모르는 사람이 집을 잘못 찾아오는 일은 일어나지 않았다. 이것도 우연이길 바랄 뿐이다, 그렇지만. 나는 더 이상 우연하게 위험해지고 우연하게 안전해지는 데 익숙해지고 싶지 않다. 만약 안전에 비용을 들여야 한다면 그것은 타깃이 '될지도 모르는' 누군가로부터가 아니라 사회로부터 지불되어야 한다. 약자가 약자라는 이유로 불안해하지 않을 때 모두가 안전할 수 있다.

여자(아이) **기억**[12]

　호의를 믿을 수 있는 삶이란 얼마나 풍요로운지. 여성으로 산다는 게 이런 거였던가 하는 깨달음이 종종 불유쾌한 경험에서 비롯된다는 게 유감스럽다. 근대 초부터 '여성의 질병'으로 여겨졌던 불안증과 신경증 그리고 히스테리가 여전히 대표적인 '여성의 질병'으로 남아 있는 것은 사회가 그다지 진보하지 못했다는 방증인지도 모른다.

　〈용감한 형사들〉에서는 연고 없는 어떤 남성이 피해 여성에게 호의를 베풀었다는 사실이 확인되는 경우 어떤

12　아니 에르노, 《여자아이 기억》(백수린 옮김, 레모), 2022년의 제목을 차용함.

사건의 조짐일 수 있음을 의심한다. 유감스럽게도, 〈용감한 형사들〉이 아닌 경우라도 그렇다. 여성을 대상으로 하는 범죄란, 혼자 사는 여성만을 타깃으로 삼지 않는다. 동거인이 부재한 상황의 여성, 보호자가 부재한 여성도 모두 포함된다. 홀로 집에 머물거나 아이와 단둘이 외출하는 여성, 결혼하지 않은 여성, 남자 친구가 없는 여성. '남성 보호자'가 없는 여성이 타깃이 된다는 건 뭘 의미할까.

　'남성 보호자' 없는 여성이 여러 범죄 및 폭력의 대상이 된 역사는 결코 짧지 않다. 옛날만큼 노골적이지는 않지만 은근한 형태로 지금까지 이어져 오고 있다. 최은영의 《밝은 밤》이나 황정은의 《연년세세》에서 재현하고 고증하는, 1950년대 전후에 출생한 (혹은 더 이전에 출생한) 여성들이 생존을 위해 결혼을 택했다는 이야기에서도 '보호자 남성의 울타리 안에 속하는 여성'의 오랜 역사적 사실이 상기된다. (이러한 내용은 단순히 '문학적 상상'이 아니라 실제 사례에 근거한다. 이는 특히 한국전쟁기 여성의 결혼에 대해 구술 채록을 시도해 그 의미를 규명하고자 했던 사회학적 연구 사례에서 밝혀진 바 있다.) 최은영의 소설 속, 일제강점기에 남성 가족 없이 병든 홀어머니를 모시던 여성이 생존을 위해 자신에게 구애하던(또 구애의 사명을 드러냈던) 남성을 만나 홀연 떠나야만 했던 사연에, 어떤 종류의 사랑이나 박애, 연민 따위가 아주 없지는 않았겠지만, 적어도 로맨틱한 이유로 선택된 결혼은 아니었으리란 점은 의심의 여지가 없다. 황정은의 소설이 보여주듯, 전쟁을 겪고 난 뒤 여성이 연고가 없는 친척 집에서 식모살이를 하거나, 그로부터 벗어나기 위해서 결혼을 해야만 했던 사정도 비슷하다. '비혼 여성'은 노동 착취, 성 착취, 폭력 착취의 대상으로 여겨지기 십상이었고, 이러한 현실로부터 생존을 보장받기 위해서는 가부장 남성의 보호 체계에 속해야 했다. 오늘날의 결혼은 좀 다를 수도 있다. 요즘 시대의 결혼은 사랑과 평등한 권리를 중심으로 공동체를 결속하는 행위로 실천되기도 한다. 그러나 생존이라는 불가피한 선택지가 가로놓여 있는 '여성과 결혼'의 역사와 별개인 것은 아니다. 결속의 선택이 늘 주체성과 자율성 위에서 이루어지는 것만은 아니며, 또한 그러한 결속에 놓인/놓이지 않은 여성을 바라보는 시선 역시 문제로 남아 있다.

사회적 시선으로 '남성 보호자'의 존재 여부를 따질 때 이 '보호자'는 넓은 의미에서 가부장제가 승인하는 가족의 범주를 따른다. 아버지, 남편, 남성 가족 등이 주로 '보호자'에 해당한다. 그래서인지 '남성 보호자'가 없는 경우란, 단순히 비혼 여성만이 포함되는 것이 아니라, 남성 가족 구성원이 자리를 비운 여성을 포함한다. 이때 여성은 '결혼 가능성'과 상관없는 다양한 연령대의 여성을 포괄한다. 부모님 없이 집에 있는 여자아이 또한 이 범주에 해당할 수 있다는 뜻이다.

10년도 넘게 살았던 예전 거주지는 두 세대가 마주 보는 형태의 아파트였다. 주로 가족 단위가 살았고, 우리 집과 마찬가지로 새로 이사 온 이웃집의 구성원 또한 자녀를 둔 가족이었다. 차이가 있다면 우리 집에는 10대인 두 자매가 있었다는 것이고 맞은편 집에는 20대 남매가 자녀로 있었다는 점이다. 앞집 남자는 아이스크림을 준다든지 하는 이유로 종종 우리 집 벨을 눌렀다. 보호자는 대체로 경제활동을 위해 집에 머물지 않았고, 자매는 불안한 마음으로 문을 열어주었다. 앞집 남자가 우리 집 벨을 누른다는 것은 부모도 알고 있었다. 가족 단위가 사는 곳이어서 크게 경계하지 않는 분위기였다. 그러던 어느 날 앞집 남자가 지나치다 싶게 사소한 이유로 벨을 눌렀을 때, 나는 문밖에서 남자를 돌려보낸 뒤 동생에게 혼자 있을 때는 집에 없는 척하거나 문을 열어주지 말라고 일렀다. 부모가 없는 집에서 나는 동생의 여성 보호자였다.

중학교 졸업을 앞두고 동네에서 친구들과 노래방을 가느니 카페를 가느니 하며 시끌시끌 모여 있었던 그날을 아직도 잊지 못한다. 모르는 번호로 전화가 왔고, 대뜸 '내가 누구게' 하는 말투로 말을 걸어왔다. 누구냐고 몇 번 캐물은 뒤에야 '앞집 오빠'라는 말을 들었고 나는 큰 공포에 사로잡혔다. 어떻게 내 번호를 알았지? 왜 전화를 했지? (같이 놀고 싶다는 둥) 왜 이런 말을 하지? 나는 대충 에둘러 대어 전화를 끊고 그를 차단했다. 그는 계속 문자를 보내왔다. (당시 휴대폰은 차단을 하면 '스팸함'에 문자가 저장되는 방식이었다.) 나중에 동생을 추궁했더니, 혼자 있을 때 앞집 남자가 방문해 언니 번호를 물어 갔다고 했다.

고등학교에 진학하고 야간자율학습을 하면서 자연스레 귀가 시간이 늦어졌다. 당시 살던 동네는 곳곳에 학교가 있었고 상가보다는 아파트 단지 위주로 조성된 곳이어서, 일정 시간이 지나면 눈에 띄게 한적해지곤 했다. 여느 때와 다름없이 귀가하던 어느 날, 가로등 아래에서 초등학생들과 시시덕거리던 그가 "안녕?" 하며 인사를 건넸다. 그의 옆에 있던 초등학생이 '저 언니 아냐'고 묻기 전까지 내게 한 말인 줄도 몰랐던 나는 인사를 무시하고 집으로 걸어갔다. 또 마주치면 어쩌나 하는 걱정으로 심장이 세게 뛰었다. 공교롭게도 그는 몇 번이나 내가 계단을 (당시 집은 저층이었다) 올라가는 타이밍에 문을 열고 나와 담배를 피웠다. (그게 어떻게 가능했을까? 그 시간에 내가 올라가는 줄 어떻게 알았을까?) 애써 그를 무시하면서 별수 없이 계단을 엇갈려 내려와야만 했을 때, 안녕하냐고 묻던 그의 목소리가 내내 공포스러운 기억으로 남아 있다. 두 번 다시 그런 경험을 하고 싶지 않음은 물론이다.

가족과 있을 때 그를 마주친 적도 있었다. 엄마와 외출하고 돌아오는 길에 마주친 그는 엄마에게 인사를 했을 뿐 더는 어떠한 대화를 시도하지 않았다. 가족들과 동네에서 외식을 하거나 돌아다닐 때도, 엇갈렸다면 수도 없이 엇갈렸을 길이지만 나를 보호할 수 있는 사람이라고 여겨지는 이들과 있었을 때 그는 눈에 띄는 행동을 하지 않았다. 내가 하고 싶은 이야기가 바로 이것이다. '보호자' 없는 '여성'이 어떤 방식으로 비춰지고 범주화되는가에 대한 것. 이 이야기가 여성에게 보호자가 필요하다는 의미로 오독되지 않았으면 좋겠다.

내가 겪은 일이 평범하지 않은 일인가? 그렇기를 바라지만 그렇지 않을 것이다. 이런 일은 여성이어서 겪는 일만은 아닐 수도 있다. 그러나 여성이기 때문에 그의 행동이 위협이 된다는 점은 사실이다. 누군가에겐 낯선 이의 부담스럽고 불쾌한 관심이 그저 '쾌/불쾌'의 인지에서 그칠 수도 있다. 하지만 누군가에게는 위협과 공포로 다가온다면, 그것은 단지 개인 성향의 문제는 아니다.

이런 식의 살면서 '누구나' 겪을 수 있는 일은 내게 얼마간의 신경증과 예민함, '조심'에 대한 짜증스러움과 분노를 일으킨다. 나는 왜 조심해야 하지? 왜 예민해야 하지? 그저 누군가에게 호의를 베푼 사람으로 남을 수도 있고, 부담스러운 호의가 짜증 났다고 말하고 넘어가는 사람이 될 수도 있었지만, 문제가 '생존'과 직결돼 있었다면, '그런 사람'이 되는 수준에 머물 수 없다. 그렇다면 궁여지책으로 '보호자'가 있는 척이라도 해야 하나? 하지만 왜 그래야 하나? 보호자가 없으면 불안한 생존 감각을 당연하게 받아들여야 하는 존재가 되어야 하나? 이런 일들이 사람을 쉽게 믿지 못하고 사람을 판별하는 여러 무의식적 레이어를 만들었음을 인정할 수밖에 없다. 물론, 이런 식으로도 '예방'은 그다지 큰 효과를 거두지 못했지만.

　　이런 '경험들'을 하다 보면 여성으로 살아간다는 것이 어떤 뜻인지 절감하게 된다. 사람의 호의를 쉽게 믿을 수 있고 사람에게 호의를 쉽게 베풀 수 있는 '여성'이 된다는 것은 어마어마한 용기와 인내, 젠더 차별을 정당화하지 않는 사회 구성원에 의해 가능하다. 이런 내게도 사람을 신뢰하게끔 하는 귀한 경험이 없진 않다. 비 오는 날 우산 없이 버스에 탑승하려고 긴 줄에 서 있을 때 슬쩍 우산을 기울여 주던 사람, 우산이 없냐면서 승객이 두고 간 우산이라도 쓰고 가겠냐고 물어주던 버스 기사, 비가 많이 와서 정류장에 내려 우두커니 서 있었더니 우산 하나를 건네면서 쓰고 가라던 사람. 의심할 바 없는 호의를 베풀고 물러난 사람들.

　　그리고, 학교에서 조퇴해 아픈 배를 부여잡고 보호자 없이 혼자 더듬더듬 길을 가던 초등학생인 나를 보고 차를 세워 병원까지 데려다주겠다던 사람. 지금도 마찬가지지만, 모르는 어른이 도움을 요청하거나 어딘가에 같이 가자고 하면 "안 돼요!" 해야 한다는 것은 모든 어린아이가 귀에 못이 박히도록 교육받는 내용이다. 알 수 없는 통증으로 동네에 있는 응급실로 걸어가면서도, 백주 대낮에 누군가에게 꾀일 염려는 없을 거라고 생각하면서도, 모르는 사람의 차를 타서는 안 된다는 주의를 나는 절절하게 떠올리고 있었다. 하지만 웬 초등학생이 배를 부여잡고 두 발짝 가다 서고, 가다 서고 있으면 누구라도 왜 그러냐고 물어볼 것이다. 그것을 물어온 이가 다름 아닌 길을 지나던 차량 속의 남성 운전자(당시 남성 운전자에 의한 유아 납치 사례도 적지 않았다. 그러니 누가 봐도 수상하게 여길 수밖에는 없는)였다. 그는 어디가 많이 아프냐고, 병원에 가는 거라면 태워주겠다고 했다. 나는 착실히 교육받은 어린이답게 "괜찮아요. 그냥 가세요" 했다. 그러나 그는 끈질기게 나를 설득했다. 이상해 보일 수 있는 거 알고 있다, 하지만 나는 여기 시청 공무원이고 의심된다면 증명해 줄 수도 있다, 응급실 있는 ○○병원에 가는 거 아니냐, 너무 아파 보인다, 데려다만 주고 바로 떠나겠다고 나를 끊임없이 설득했다. 어떻게 됐냐고? 나는 그의 차를 타고 응급실 앞에서 내렸고 그는 약속대로 바로 차를 출발시켰다.

그의 호의는 내게 두 가지 마음을 갖게 만들었다. 내가 난처한 상황에 처해 있다면 모르는 누구라도 나를 도울 수 있다는 것에 대한 생소함. 어쩌면 그가 그랬듯이 다른 타인이나 나 역시도 누군가 도움이 필요하다고 판단되면 기꺼이 도우리란 신뢰에 기반한 마음을 가질 수 있었다. 한편으로는 여전히 의심스러운 마음. 결과적으로 아무 일도 없기에 망정이지, 만약 그가 나쁜 의도를 가졌다면 나는 큰 위기에 처했을 것이다. 부모는 나를 잃어버렸을지도 모른다. 나는 이 적절한 호의를 두고 여전히 운이 좋았다, 다행이다, 조심해야 했다고 생각한다. 동시에 타인을 신뢰하고 나 또한 그러한 사람이 될 수 있는 귀한 경험을 했다고 생각한다.

하지만 내가 여전히 '운이 좋았다' '조심했어야 한다'는 생각을 함께 떠올리고 있다는 건 어떤 의미일까? 나는 호의를 호의로 받아들일 수 없고, 마찬가지로 내가 베푼 호의가 호의의 선에서 끝나지 않을지도 모른다는 '가정'을 하는 것이 괴롭고 불편하고 싫다. 하지만 그건 왜 그런가? 우리는 사람의 호의를 호의로 받아들일 수 없는 세계가 약자를 어떤 식으로 억압하는지 너무나 잘 알고 있기 때문이 아닌가? '보호자 없는 삶' 다시 말해 보호자가 있어야만 보호받을 수 있다는 어떠한 커먼센스가 우리의 차별적이고 폭력적인 삶의 위계를 증명하고 있기 때문은 아닌가? 그래서 나는 아직도 이 귀한 호의가 고맙고 또 여전히 조금은 무섭고, 이런 마음이 조금은 억울하다.

잊어버려지게 되었다

잊어버려지게 되었다.

이 문장은 지나친 피동형 표현으로, 문법적으로는 권고하지 않는 형태다.

잊어버려지게 되었다는 말은 관념적으로 이해된다. 잊어버리려는 의지를 작동시켜도 되지 않았던 일이 자의와 무관하게 어느덧 그렇게 되어버렸다는 뜻이다. 능동과 피동이 동시에 행해졌거나, 능동을 원했으나 그것에 실패하고 피동으로 능동이 수행된 경우다.

'잊어버려지게 되었다'는 말은 어쨌든 모든 시간은 과거로 흘러간다는, 마지못한 위로이자 희망을 담고 있다. 어떤 미래가 도사리고 있든 결코 지나갈 것 같지 않은

이 시간도 흘러가고야 말 것이라는, 그것은 내 의지를 작동시켜 더 빠르게 지나 보낼 수는 없겠지만 반드시 지나갈 것이라는 약속이다.

⚹

어떤 것은 잊어버려지게 된다. 그런 마음으로 살고 있다. 돌이켜 보면 삶은 한 번도 힘들지 않은 때가 없었지만 유독 여름마다, 울지도 웃지도 못하고, 어디론가 걷지도 마냥 서 있을 수도 없는 어쩌지 못하는 마음이 되어 길 한복판에 우두커니 서 있는 것만 같다. 이런 것도 잊어버려지게 될 것이다.

⚹

오늘의 잘한 일. 운전을 했다. 기분이 좋지 않으면 운전대를 잡는 것이 망설여진다. 운전하다가 눈물이라도 터지면 위험할 것 같아서다. 요즘 한번 눈물이 나면 어딘가 고장 난 것처럼 멈출 줄을 모른다. (아 죽고 싶다, 그런 생각에 쉽게 휩싸이면서도 '혹여라도 사고로 죽을까 봐 운전하는 일을 경계하는 이런 아이러니로 가득한 게 인생? 최승자의 시에서처럼 죽지도 살지도 못할 때 서른은 와서 향후 계속 이런 식으로 살게 되는 게 30대의 인생?…….) 고속도로를 달리다가 시야가 뿌예지고 감정이 복받쳐서 앞차 브레이크등을 잘 보지 못하면 나도 남도 큰일 나니까. 나는 그런 사고를 내는 것에 극심하게 주의한다. 그래서 운전대 앞에서 잠시 고민하다가 울지 않기로 결정하고 운전대를 잡는다. 운전하면 주위를 살피느라 다른 생각을 할 겨를이 없다. 슬픔이 튀어나와도 살필 여유가 없다. 슬픔을 느끼는 것보다 목숨이 중요하니까. 오늘은 이 무기력을 아주 잠깐만 앓고 이겨냈다. 조금 울 뻔했지만 안전하게 운전했다. 아무 일도 일어나지 않고 그저 운전만 했다. 나가서 사람들을 만나서 이야기하니 좋았다. 돌아갈 때가 되자 초조해졌다.

✝

요즘 나쁘고 못된 일이 많았다. 여행을 갔는데 동행인 중 한 명이 하여간 뭐가 마음에 들지 않아서 돌아가겠다고 했다. 2박 3일 일정이 1박 2일이 되고 말았다. 한시라도 빨리 그곳을 뜨고 싶었다. 모두가 그런 마음이었고 모두 자기 자신을 제외한 다른 사람이 그런 마음인 것이 싫었다. 그래서 각자 동일하지만 같지 않은 이유로 그곳을 뜨기로 했다.

나는 집에서 공항까지 운전을 하고 여행지의 북쪽에서 남쪽까지 운전을 하고(비가 종일 내렸다), 다시 몇 시간 만에 남쪽에서 북쪽까지 안개 낀 도로를 운전했다. 공조 장치를 아무리 틀어도 차 안에 습기가 차서 사이드 미러가 보이지 않았다. 옆 창문을 자꾸 내려야 했다. 옆 사람이 어떤 얼굴로 나를 쳐다보는지 볼 수 없었고(전방 주시), 옆 사람을 볼 수 없어서 차라리 나았다. 창을 열었다 닫았다 하며 가다 보니 비가 왔다. 차라리 시야가 트였다. 조금 더 가니 날이 갰다. 돌아가기 전에 해를 보아서, 안개 끼다 비 오다 해 비치는 도로 위에 있어서 참 좋았다는 생각만 했다.

　공항에 도착할 즈음엔 짜증이 났다. 살아서 나는 왜 이런 꼴을 보아야만 하나. 이것도 잊어버려지게 되나? 공항에서 집까지 다시 한 시간가량 운전했다. 막히지 않아서 다행이었다. 운전하는 동안 화가 나서 화를 냈다. 운전을 해야 해서 심하게 낼 수는 없었다. 화를 내는 것보다 목숨이 소중하니까. 목숨을 소중히 할 수 있어서 여러모로 다행이었다.

　　＊

　여행에서 돌아온 이후에 나는 정신적으로 육체적으로 앓았다. 완전히 고립되고 싶었고, 단 한 순간도 더는 고립되고 싶지 않았다. 그저 누군가 나도 잘 모르겠는 무언가를 이해해 주었으면 했다. 완전히 잊어버려졌으면 했지만 당장은 그렇게 할 수가 없었다. 시간이 별로 지나지 않았기 때문이다. 잊어버려지게 될 때까지 기다려야만 했는데 그것이 참 고되었다. 그러는 동안 나는 내 슬픔을 다른 마음에 의탁하려고 했는데, 심지어 그것에 완전히 실패했다. 완전히 고립되는 한이 있더라도 뭔가에 실패하는 일은 차라리 일어나지 않았으면 좋았을 텐데. 나는 더 아팠다. 이 모든 것이 나 때문이라고 생각하지는 않았다.

정신적으로 시달리고 나면 꼭 며칠 후에 위장이 뒤틀린다. 이번에도 그랬다. 두 번의 정신적 고통을 경험하는 동안 나는 몸이 아파졌다. 몸이 아픈 동안에도 계속 힘든 일들이 있었다. 그 모든 것들이 잊어버려지게 되었으면 했다. 힘듦을 말하는 것을 좌절당해 또 힘들어진 것이 모조리 지나간 일이 되어버렸으면 했다. 그러려면 뭘 하거나 하지 않아야 했는데 이번에는 그 어느 쪽도 할 기운이 남아 있지 않았다.

†

나는 '잊어버려지게 되었다'는 문장에 매달리기로 했다. 어떤 것은 결국은 잊어버려지게 될 것이다. 어떤 때에 느꼈던 분노, 슬픔, 고통스러움과 괴로움 모두 잊어버려지게 될 것이다. 왜 그것을 느꼈는지는 완전히 잊어버려지게 되어도, 어떤 감정을 느꼈다는 것은 잊어버려지지 않고 있다가 나중에 올라오는 다른 감정을 이해하는 데 고통스럽게 보탬이 될 것이다.

오늘의 잘한 일. 회의를 마치고 돌아올 때 운전대를 잡기 직전에 '잊어버려지게 되었다'는 말에 대해서 생각하기로 결심한 것. 생각한 것. 그것에 대해 쓴 것. 하지만 어떤 것은 결코 용서하지 않고 잊어버려지지 않을 것이다. 이것도 잊어버려질지도 모른다.

견디다

'버티다'와 '견디다'는 서로 기대 있다. '버티다'를 찾아보면 견디는 상태라고 설명되고, '견디다'를 찾아보면 버티는 상태라고 설명된다. 정말 그런가?

종종 관계 단절을 겪으면서, 버팀과 견딤이 대결하고 있다고 느낀다. A는 버티고 B는 견딘다. 조금도 자기의 '자기 됨'을 내려놓지 못하는 A는 자기 자신인 채로 버티려 들고, B는 그런 A를 견디려고 노력한다. 누가 봐도 상처를 받을 법한 상황에서 스스로를 구출하지 못하는, 그런 상황에서도 거리를 두기가 어려웠던 마음의 불가해함도, 견뎌야 한다.

A는 (혹은 B는) 과연 뭘 견뎠나. 견디지 않기를 결심

했기 때문에 단절에 이른 것임을 훗날에는 알아챘을까? 그가 스스로 견뎠다고 느꼈다면 그 대상은 (여전히, 불행하게도) 상대가 아니라, 어떻게든 자기가 상상한 자신의 모습을 버릴 수 없어 그 像을 붙잡고 한사코 버텼던 자기 자신이었을 것이다.

버티는 것이 변하지 않기를 고수하는 일이라면 견디는 일은 변하기를 기다리는 일이다. 버티는 존재는 변화하지 않기를 '바란다'. 하지만 그 자신은 조용히 있는 듯한 순간에조차 마음의 움직임이 있다는 걸 가만히 느끼고 있자면 실은 변화하지 않는 것은 이미 불가능함을 알게 된다. 이것을 아는 것은 어렵지 않다. 인정하는 것이 혼란스럽고 두려울 뿐이다.

버티는 것은 바뀌려는 의지를 막아서는 일이다. 하지만 그 과정에서는 이런 일이 수반된다. 바뀌고 싶지 않다는 마음이 어떤 이유에서 들었는지, 그건 정말 바뀌지 않을 수 있는 것인지, 자신이 짊어지고 감당해야 하는 것을 남에게 일임해 버리는 것을 버틴다고 생각한 건 아닌지, 하는 질문들을 마주하는 게 곧 버티는 일이자 결정을 피하지 못하는 일이다.

때때로 타인에 의해 자신이 변화할 수 있다는 사실, 그리고 이미 그렇게 벌어지기 시작한 현재의 움직임 자체를 감당하고 싶지 않을지도 모른다. 그 움직임이 자기를 늘 긍정하는 방향으로만 이루어지는 것은 아니라서 불편함을 느낄 수도 있다. 자신이 어떤 행동을 고수하기로 결정하되 타인으로부터 그 선택을 부정당할 수 있음에 두려워할 수도 있고. 하지만 누군가 '버틴다'는 명목으로 조금도 자신의 곤란한 마음을 들여다보려고 하지 않으면, 그 관계의 영향 속에 직접적으로 놓여 있는 누군가는 내 것이 아닌 것조차 견뎌야만 한다.

나는 타인을 아끼던 시절부터 타인에 대한 마음을 내려놓기로 결정한 지금에도 많은 것들을 견디되 버티고 있지는 않다. 나는 매번 버티는 일에 졌다. 관계가 개선될 수도 있다는 생각에 졌고, 관계의 모양이 달라지면 다른 긍정할 만한 지점을 발견할 수도 있지 않을까 하는 생각에 졌다. 타인을 탐색하는 기쁨을 조금…… 더…… 누릴…… 수도…… 있……나……. 깨 한 톨만큼의 가능성을 생각하면 '절대 다시는 보지 않는다'라는 마음은 허무하게 무너졌다. 관둬버린 관계에서 갈구했던 것이 타인을 비춰 자신을 보는 일이라면, 무엇이든 좀 더 나은 쪽으로 달라질 수도 있으리란 기대를 완전히 거두지 않는 것이 내게 가장 필요했던 '도래'의 한 단면이었을 것이다. 타인을 비춰 자신을 본다는 건 끊임없이 내 안에 타인을 들이는 일이고 그만큼 자기의 저변을 둥글리고 매만지고 어떤 한계를 감당하는 일이고, 그건 혼자서는 할 수 없는 일이다. 나의 경우, 다만 그 순간이 올 때까지 견디려 했다.

견디는 동안 어떤 기대는 좀처럼 완전히 없어지지 않는다. 객관적으로 괴로운 상황에 놓여 있으면서도 마음이 하릴없이 남을 따라갔다가 돌아왔다가 흔들거리는 것을 한사코 납득하지 못하는 자신을 보면서 괴로워했던 시간이 있다. 고통을 견뎌야 한다면 바뀔 일 없는 타인에게 기대를 거느니 혼란스러운 자신의 상태를 견디는 게 나았고 그것을 선택했지만, 결코 힘이 덜 들지는 않았다.

때때로 나는 모든 선택을 타인에게 완전히 내맡겨 버리고 싶을 만큼 지치고 만다. 뭔가를 포기하는 게 이렇게나 어렵다니. 버티거나 견디거나 포기하는 이 모든 일은 남을 통해 어떻게 할 수 있는 일도 아니지만 특히나 자기 자신을 포함한 그 무엇도 책임지지 않으려는 사람과는 공유할 수조차 없는 행위다. 배신감과 실망감이 몰려온다. 나는 왜, 뭘 위해서 이렇게까지 했나.

관계에서 가장 두렵고 무서웠던 것을 감당하는 것이 단절에 대한 합의다. 이번에야말로 그 누구도, 그 무엇도 피해 갈 수 없다. 내가 겪은 괴로움을 상대 또한 경험한다. 이것은 견뎌야 하는 일이다. 감당해야만 하는 일이다. 전부 포기해 버려야지, 일을 그만둬 버려야지, 하는 생각에 시달렸던 나는 여전히 못된 주문을 외운다. 나를 괴롭게 했던 모든 사람이 아무튼 뭐든지 감당하면서 지옥에나 떨어져 버려서 괴롭기를 간절하게 바란다. 나는 모두 죽어버렸으면 하는 증오를 퍼붓고 있는 스스로의 상태를 가장 고통스럽게 견딘다. 남에게 못된 마음이 아니라 스스로에게 못된 것이라는 의미의 '못된' 마음이다.

　하루에도 몇 번씩 마음이 바닥을 찍고, 뭔가 먹는 것도, 일을 하는 것도, 그만두는 것도 무엇 하나 결정하지 못할 만큼 심약해진 나는 모든 영향으로부터 벗어나고 싶다고 생각한다. 그런데 영향이란 건 내가 거부한다고 벗어나지는 건 아니니까 이제 나는 영향을 받기로 한다. 모든 상황이 이것을 그만두는 것이 옳음을 가리키고 있는데도 불구하고, 그 앞에서 마음이 흔들거리는 스스로를 바라보며 그냥 괴로워하기로 한다. 이것은 지금까지의 것을 감당하려는 나의 노력, 이후에 더 괴로운 것을 추가하도록 두지는 않으려는 애씀이다.

상하다

　속이 상한다, 마음이 그리고 기분이 상한다, 얼굴이 상했다, 몸이 상했다 같은 말들을 유독 자주 입에 주워 담는 계절을 보내고 있다. 한 친구가 자신에게도 미션인 계절이 있다고 했다. 나에게는 여름이 늘 미션이다. 뭐든 자주 상하고 잘 상하고, 회복되는 속도보다 상하는 빈도와 깊이가 더 잦고 깊다. 다른 계절에 비해 의욕을 가지기 위해 열 배는 더 노력하고 스무 배 더 자주 실패한다.

　이런 '기분'에 휩싸이는 건 무엇보다도 몸이 상해서인 것 같다. 습기에 약한 피부를 지닌 나는 습한 계절이 오면 손이 곧바로 예민해지고 피부가 망가진다. 가벼운 습진이지만 신경이 쓰이고 번진다 싶으면 병원에 간다.

약을 먹으면 금방 괜찮아진다. 습도가 낮아지면 나아진다는 걸 알고 있고 스테로이드제를 자꾸 먹고 싶지 않아서 병원에는 웬만하면 가지 않으려고 한다. 버티고 버티다가 피부가 회복되는 것보다 상하는 속도가 빠르고 한동안 습도가 떨어질 기미가 없으면 간다. 버티더라도 연고는 상비한다.

상한 것은 되돌아가지 않고 상하고 난 뒤의 시간 속에서 상함의 다음 형태로 모습을 바꾼다. 손에 물집이 생겼다가 가렵고 아프다가 물집이 없어져도 그것은 물집이 생기기 '이전'이 되는 것이 아니라 물집이 생긴 '이후'가 된다. 이후를 당겨오는 것이 연고의 역할이다. 피부가 너무 많이 상해버렸을 때는 복용 약을 받아야 하지만, 그러기 전까지 연고는 버틸 수 있다는 '믿음'을 가능케 한다. 이것을 바르면 물집의 상태를 지나 물집 '이후'의 상태에 접어들게 된다, 라고 생각하게 만든다.

계절성 습진은 주로 온도가 급격하게 벌어져 면역력이 떨어졌을 때 혹은 지나치게 습해졌을 때 발생한다. 매일 매 계절 나는 같은 종류의 집안일을 한다. 나는 늘 똑같은 일을 하는데 나를 둘러싼 대기가 물을 많이 머금어서 똑같이 하는 일이 무리가 된다는 사실이 이상하다. 이상한가? 이상하다. 똑같은 일을 하는데 똑같은 상태가 아니다. 언제나 청소를 하고 빨래를 하고 밥을 먹고 설거지를 하는데 바깥의 날씨가 달라지면 몸의 상태도 달라진다. 에어컨을 켜거나 난방을 해서 일정한 온도와 습도로 실내의 환경을 맞춰놓아도 집 바깥의 날씨에 영향을 받는다. 같은 일을 하고 비슷한 환경 속에 놓여 있는데도 그렇다.

내가 아무리 생활의 항상성을 유지하려고 해도 내 몸은 변화하는 '외부'(날씨, 환경 같은)에 어떤 식으로든 반응한다. 가만히 존재하기만 해도 끊임없이 변화하는 외부 세계에 맞춰 육체 컨디션이 변화하는 게 인간인데도, 우리는 곧잘 그러한 사실을 망각하고 자신의 항상성을 고집한다. 마치 절대 변화하지 않아야만 그 자신일 수 있다는 것처럼. 변화하지 않는 자신을 항상성의 핵심에 두는 관계에서 변화하는 '외부'는 그와 관계하는 타인일 수밖에 없다. 그러나 별수 없이 '가만히 존재하는 것' 또한 '외부'의 영향에서 자유로울 수 없다. 사람은 '외부'로부터 늘 침투당하고 만다. '변화하지 않으려 해도 변화한다'는 사실을 인정하지도, 감당하지도 않으려는 이와 관계하게 될 때, 그런 이의 '외부' 즉 변화 가능성을 초래하는 요인으로 자리하는 나는, 변화하지 않으려는 이를 외부 삼아 상하기 시작한다. 그러니까, 어떤 내부는 다른 이의 외부가 되어 그것의 상태를 좀 '맛이 가게' 만든다. 타인의 항상성에 대한 고집은 결코 자기와 주변을 부동不動하게 하는 것으로 유지되지 않았고 '외부'를 손상시켰다. 때때로 내가 '외부'로 존재하는 한 나는 손상되었다. 그것이 내가 관계하고자 한 타인이 불러일으킨 변화, 내가 상한 까닭. 그런데 복용 약도, 연고도 없다. 상해버린 것은 상해버린 다음의 단계를 맞아야만 하는데, 상한 이후의 시간으로 지나가 버려야 하는데 어쩌지? 결과가 어떻든 감당하기로 하고 감정이 들이닥쳤을 때 한 번 덜 생각하는 쪽을 선택하기로 했다. 올해 상한 것에 대한 처방.

늘 무언가가 상해버리고 마는 여름. 유독 상한 것이 더더욱 악취를 풍기고 빠르게 부패해 가며 매우 신경 쓰이게 만드는 계절. 이것은 나의 여름, 나의 계절, 나의 시간, 나의 날씨. 여름의 '상함'이란 뭐든 많게도 길게도 담아두지 못하고 적은 것은 서둘러 소진시켜 버리는 게 미덕인 상태를 이른다. 빠르게 망가져 가는 시간과 망가진 것이 고여가는 공간. 여름을 지난다는 건 어떤 시공간을 아무렇게나 서둘러 폐쇄하고 누가 들여다보든 상관없이, 마치 폐건물처럼, 장식뿐인 자물쇠조차 달지 않은 채 방치해 버린 건물 따위로 상상된다. 녹슬어 가는 건물.

나는 매년 여름을 폐기하고 있는 건가? (여름에게 미안하다.) 왜 여름마다 이런 일이 일어나는 걸까? 이런 불만은 내가 여름철 상함을 넘겨 보내는 방식인지도 모른다. 여름은 그저 상함의 속성으로 나의 상한 것을 넉넉히 받아주고 있는 걸지도 모른다. 나는 모든 문제를 여름 탓으로 돌려버리고 있다. 이따위 일을 겪은 것은 모두 여름이어서야, 여름이어서 이런 나쁜 일이 일어나고 말았어,

또 마음 상하고 말았네, 여름이란 정말 답이 없다, 싫다, 도망가고 싶다, 도망도 못 가는 여름, 어딜 가도 피서가 안 되는 여름. 하지만 알고 있다. 여름이라 더 힘에 부치기는 해도 그 나쁜 것은 여름'에' 일어난 어떤 일일 뿐 여름 그 자체가 아니다. 하필 여름에, 내게 부주의하게 구는 외부로부터 유독 상하기 쉬운 상태가 된 내가 약냉방으로 흐느적거리고 있다는 것. 천천히 상해가고 있다는 것.

여름 때문이 아니라 사실은 전부   때문입니다.

진짜로 상한 건   입니다.

완전히 상해버린   을 따라서 나도 같이 상해버리는 일.

나는 완전히 상하지도 않고 그렇다고 완전히 신선하지도 않고 언제든 좀 맛이 가버릴 것 같은 채소나 생선, 날것의 재료인 채 시원찮은 냉장고 속에 있는 것 같다. 아주 추운 데로 꽁꽁 들어가 이 모든 것에 둔감해지고 싶고, 아니면 푹 썩어버리고 싶다. 회피하고 일을 하고 집을 방치하고 집을 치우고 밥을 굶고 밥을 먹는 까닭이다. 모든 것이 상하는 날씨고 나도 그렇게 조금은 상해가는 계절이라서. 생활이 제대로 굴러가지 않고 아주 약간만 제대로 굴러가서, 완전히 썩지는 못하고 조금 상한 상태로 계속 존재하는 일.

곧, 또 다른 '외부'가 온다. 맹렬하게 덥고 은근하게 습한 날도 지나가고 어느덧 서늘한 바람이 불 것이다. 상한 것이 완전히 맛이 가버리지 않고, 조금 더 오래 버티는 계절이 온다.

글쓰기 생활자의 작업복

미도리 노트와 일기장

괴로운 일이 있을 때 일기를 쓴다. 일기를 쓰는 중에도 머릿속 한구석에는 이 일기를 읽을지도 모르는 독자를 염두에 두게 되고 그래서 내 일기는 상당히 정돈되어 있다. 실명이 적히는 경우도 거의 없고 부끄러운 이야기를 날것으로 쏟아내는 경우도 거의 없다. 그게 좀 답답하지만 대화로 안 될 것 같은 일들은 그렇게 정리된 형태로 일기장에 적힌다.

일기장에 오른 이들과는 결국 결별하게 된다는 법칙은 불행히도 아직까지 깨지지 않았다. 예를 들어 A가 너무 좋았다는 이야기를 썼을 때도 그렇고, 그렇게 좋아하는 A가 한 행동들을 이해해 보려고 애쓰며 어떤 깨달음을 적어 내려간 경우에도 그렇다. A를 원망하는 말들을 쏟아낸 건 말할 것도 없다. 사실 법칙이라고 할 것도 없다. 마음을 많이 쏟은 상대와 오해가 발생했을 때 어떻게든 납득하고 수습해 보려고 분투했던 것이 나중에는 봉합될 수 없이 벌어져서 관계가 끝난 것이니까. 그런 마음 씀의 흔적이 일기에 남아 있을 뿐이다.

그래도 법칙의 비극성을 이런 식으로 옹호(?)해 볼 수도 있을까. 애당초 그다지 좋아하지 않았던 사람과의 불쾌한 에피소드는 일기에 오르지 않는다. 그래도 한때 좋아했던 사람이 일기장에 올라 그에 대한 이해와 오해의 고군분투가 결별로 이어지고 말았다는 결말에 이른 것이라고 한다면, 좋아했던 사람과의 궤적이 일기장에 고스란히 남아 있는 것이라고. 그래서 일기장에 한번 이름이 오른 사람과는(앞서 말했지만 실명이 오르는 것조차도 아니고 단지 그를 생각하며 썼다는 것만으로도) 결별하게 된다는 법칙이 생겨버린 것이라고.

그런 괴로운 일은 다행인지 불행인지 자주 일어나지는 않아서 일기장을 펼치면 마지막 일기가 3개월 전일 때도 있고 1년 전일 때도 있다. (하지만 일기에 적는 것 자체가 힘에 부쳐서 아무 기록도 남아 있지 않은 경우도 있다.) 더 자주 쓸 때도 있는데 훗날 매일같이 빼곡히 적힌 짧고 긴 기록을 읽으면 당시의 내가 안타깝게 느껴진다. 내내 힘들었구나. 기억하고 싶은 일로 남았다면 좋았을 텐데. 한편으론 일기의 흐름을 보면 특정 관계에서 뭔가 어려운 점이 진작부터 있었다는 걸 알게 된다. 그의 행동을 좋아하는 일을 진작 포착했었구나, 그런데도 그걸 이해하려고 노력했었구나, 그러니까 이만했으면 단념하는 길밖에는 없었겠다고, 돌이켜 보면 어쩔 수 없는 일들은 처음부터 있었구나, 어느 날 갑자기 그렇게 된 건 아니구나, 적어도 그때는 다르게 보려고 노력했었구나, 그래도 단념하기까지 너무 오랜 시간이 걸렸다, 그런 되돌이킴.

　　단념을 잘하지 못하는 내 성격은 한 가지 물건이 마음에 들면 줄곧 그것을 이용하는 습관과 무관한 것 같지 않다. 아니면 지독히 물건을 아끼는 것과 관련이 있거나. 자주 쓰거나 중요하게 생각하는 것일수록 더욱 그러한데 노트와 필기구는 거의 특정 브랜드 제품으로 고정돼 있다. 그렇다고 한 브랜드의 물건을 여럿 사 모으는 취미도 없어서 같은 제품을 예비해 놓는 정도이다. 일기장으로 사용하는 미도리 노트 역시 그런 물건 중 하나다. 만년필을 쓰기 시작한 무렵 잉크가 번지거나 비치지 않고 빠르게 흡수되고 필기감이 부드러운 탄탄한 노트를 찾았고, 일본 여행에서 우연히 구매한 미도리 노트가 그에 적합했다.

　　손으로 뭔가 쓰는 것을 좋아하는 나는 작은 노트를 상시 구비해 둔다. 미도리 노트도 그런 용도로 사용했다가 지금은 일기장용 노트로만 사용하고 있다. 들고 다니는 작은 노트는 금방 소모되고 자주 교체해야 하는데 미도리 노트는 그렇게 쓰기에는 적당하지 않다. 어쩌다 쓰는 일기, 괴로울 때마다 사각사각 소리를 내며 만년필을 긋는 공간은 조금 특별할 필요가 있다. 촉감부터 소리까지 무엇 하나 거슬리는 것 없이 그저 써 내려가는 기분만이 존재하도록.

　　올해는 일기에 뭔가를 적어 기록을 남기는 것조차 내키지 않을 만큼 힘들었다. 계절이 지나도록 심란한 마음을 다스려와서 그런지 올해 미도리에 남아 있는 일기는 9월 어느 날의 한 편뿐이다. (일기장이 아니라 스케줄러나 작은 노트, 버리는 종이쪽지에 수도 없이 괴로운 마음을 고백했다. 어딘가에 쏟아내지 않고 머릿속으로만 가두어놓기에 감당할 수 없어서 글자로 꺼내두었는데 그것을 간직하는 것마저 괴로워서 그저 한 날의 감상으로 치부해 버리거나 종이에 속엣말을 다 내뱉은 다음 잘게 찢어 쓰레기통에 버렸다.) 그날 일기에는 좋은 말만 적혀 있다. 홀로 힘든 것들을 견뎌내야 하는 시기도 있다는 것을 잘 생각해 두자고 쓰여 있다. 일기는 나중에는 안 그럴 수 있고, 누구나 그렇다, 고 끝난다.

만년필

2010년대 후반부터 만년필을 사용했다. 이후 일본 여행을 가거나 독일 여행을 가면 꼭 만년필을 찾았고 기념으로 한두 자루 사 오곤 했다. 잉크도 종종 사 왔는데, 독일에서는 무척 저렴했던 표준형 일회용 리필 잉크가 한국에서는 비싸다는 것을 알게 됐다. 만년필이 조금이라도 무거우면 쓰기 불편하다는 것도 알았다. 살짝 가볍고 촉이 쉽게 망가지지 않게 조금 단단해야 쓰기 좋았다. 이러니저러니 해도 사람들이 라미를 많이 쓰는 이유가 있었고, 나도 라미 사파리 모델에 정착했다.

만년필을 선물받은 적도 있고 선물한 적도 있다. 노트를 들고 다니면서 이것저것 적기를 좋아하는 나는 펜이 미끄러지는 정도나 펜촉 굵기, 한 번 글씨를 쓸 때 나오는 잉크양 등이 불만족스러울 때가 많았는데 만년필은 잉크가 물에 번진다는 것만 빼면 거의 완벽한 필기감을 선사했다. 이런 취향이 어느 정도 맞기만 하다면, 좋아하는 사람 누구에게라도 만년필을 써보기를 권하는 편이고, 그런 이유로 만년필을 선물한 적도 있다. 좋아해 주어서 다행이었다.

만년필을 선물받은 것은 최근이다. 첫 평론집을 내고 동료로부터 받았다. 《시대의 마음》이라는 책의 제목이 각인되어 왔다. 때에 맞게 좋은 선물을 고르는 사람이라고 생각했다. 무척 고마웠고 엄청나게 기뻤다. 스스로 표현에 인색한 사람이라고 생각해서 마음이 잘 전달되지 않은 것 같아 미안했다. 지금 재차 인사를 드립니다. 저는 만년필을 매일 사용하는 사람이고, 만년필을 꼭 하루에 한 번 이상 사용하고 있습니다.

선물을 하는 사람, 선물을 잘 고르는 사람이 대단하다. 나는 내가 좋아하는 것을 사주는 쪽에 속하는 인간인데, 언젠가부터 고를 수 있는 게 별로 없어졌다. 지극히 취향을 타는 물건들을 좋아하는 나는 가령 흙냄새가 나는 너무 미끈거리지도 아주 가볍지도 않은 핸드크림, 마찬가지로 흙냄새가 나는 보디 미스트, 뮤트 계열의 립스틱, 시트러스 계열의 보디 제품 같은 걸 떠올린다. 이런 건 선물용으로 적합하지 않다. 향 자체를 싫어하는 사람도 있고 따로 좋아하는 향이 있을 수도 있으니까. 립스틱도 마찬가지다. 자기가 좋아하는 색이 있고 잘 어울리는 색이 있으니까, '이런 색은 어떨까'로 적당히 타협되지 않는다. 선물받는 사람의 취향이나 어울릴 법한 어떤 것에 대한 정보를 많이 알면 또 모르겠지만, 그걸 아는 가까운 이에게조차도 선물하기 망설여지는 품목들이다.

만년필은 언제 선물해도 늘 좋은 물건이라고 생각하는데, 쓰지 않더라도 한 자루쯤 가지고 있으면 기분 내기에 좋아서 그렇다. 내가 필기구에 꽤 민감한 기준을 가진 것만큼 어떤 사람은 볼펜만 쓸 수도 있고 내가 애써 선물한 것이 그다지 즐겁지 않은 것이 될 수도 있어서 조심스럽긴 하지만……. (나는 걱정이 많은 사람인 것 같다. 아니면 신중한 사람이라고 하자. 그것도 아니면 실용을 추구하는 사람이라고 하자. 지금도 너무 많이 말하고 있다.) 하여튼 만년필은 좋은 기념물이라고 생각하지만 왜인지 정작 선물하고자 할 때는 잘 떠올리지 못한다. 그래도 누군가의 쓰는 삶을 응원하고 싶을 때 머릿속에서 굴려보는 물건이다.

프리드리히 키틀러는 《축음기, 영화, 타자기》에서 쓰는 매체가 달라짐에 따라 사고의 방식, 방향, 흐름이 달라진다고 말했다. 무엇보다도 손으로 쓰는 기록물이 글로서의 문체뿐만 아니라 글씨로서의 문체를 보여준다는 점에서 '글쓴이'의 개성과 정체성을 드러내는 표지였는데, 타자기가 도입됨으로써 그러한 '작가'의 표지가 표준화되었다고 본다. 작가의 개성이 드러나지 않는다든지 표준화되었다는 말이 단순히 뭐가 더 좋고 나쁘고에 대한 이야기라고 볼 수 없다. 우리 자신이 어떤 도구(매체)를 택해 그것을 사용하여 자신의 관념을 드러내고자 할 때, 도구가 관념의 전개 방식에 영향을 미친다는 의미다. 그렇다면 많은 글쓰기 매체가 디지털화된 시대에 만년필을 사용해 종이 노트에 사소하거나 중요한 것을 기록하는 나는 무엇을 어떻게 다르게 사고하고 있는 걸까? 볼펜이나 젤펜이 아닌 충전식 만년필은, 쓸수록 부피를 가지고 물리적 환경에 영향을 받는 노트는 내가 어떤 식으로 삶을 사고하게 만드는 걸까? 두 개의 만년필을 돌려 쓰고, 한두 권의 노트를 고집하는 것 역시 이런 매체적 성질에 영향을 받는 걸까?

《경애의 마음》을 읽다가 관계의 특권은 서로에 대한 애정을 확인하는 데서 오며 그것은 접촉에 의해 확인된다는 걸 불현듯 알게 됐다. 한 인물이 낮은 문을 통과하는 장면이었는데, 그 모습을 쳐다보고 있는 또 다른 인물은 문을 넘어서는 그 인물을 좋아하고 있었다. 실제로는 그를 '관찰'한 것에 대한 묘사였지만 나는 그게 촉감적이라 느껴졌다. 만년필을 손에 쥐고 유한한 지면에 생각을 미끄러뜨리는 것. 촉감적 성질을 지닌 것들은 반드시 부피를 가지고 부피를 가지는 만큼 보관에 제한이 있거나 조건이 있고 그만큼 잘 다루어야 한다. 만년필을 손에 쥐고 유한한 지면에 머릿속에 있는 것 또는 마음속에 있는 것을 끄집어내 놓기. 만년필을 손에 쥐고 무한하고 형체 없는 것을 촉감이 있는 즉물적 형태로 만드는 것. 만년필을 손에 쥐고 글을 쓸 때 벌어지는 일이다.

핸드크림

　대학에 다닐 때 장학생 명목으로 인천지방검찰청에서 아르바이트를 했다. 일은커녕 들락거릴 사연도 별로 없는 곳이었기 때문에 검찰청에 출근하게 된 것이 신나기만 했다. 심부름을 하거나 서류 정리를 하는 잡무를 도왔다. 매일 엄청난 양의 문서를 만졌다. (생각해 보면 삶에서의 중대한 일들은 많은 것이 디지털화된 시기에도 즉물적 형태를 고수하는 방식으로 다뤄진다.) 하루에 많은 종이를 만지면 손이 엄청나게 건조해지고, 한 번 그렇게 되면 손의 컨디션이 돌아오지 않는다는 걸 알게 됐다. 어쩐지 나와 한 팀을 이루었던 수사관의 책상 앞에 늘 대용량 록시땅 핸드크림이 있었던 이유가 있었다. 나는 그때부터 지금까지 사시사철 핸드크림을 사용한다.

　　그날 이후 핸드크림은 생각나면 쓰는 물건이 아니라 반드시 있어야 하는 물건이 됐다. 외출할 때 핸드크림을 가지고 나오지 않으면 밖에서 작은 것이라도 하나 사야만 했다. 하루쯤 손에 뭘 바르지 않았다고 해서 무슨 일이 생기겠냐고 생각할지도 모르지만, 잠시만 손을 방치하면 금방 건조해지고 습진이 올라왔다. 한 번 습진이 올라오면 꽤 오랫동안 상태가 지속됐고 복용 약을 처방받으면 금세 가라앉았지만 약이 독해서 병원에 가고 싶지 않았다. 손의 컨디션이 나빠지면 손으로 하는 모든 활동에 신경이 곤두섰다. 씻는 일, 설거지, 청소, 책장을 넘기는 일까지. 손에 물이 닿지 않게 하는 것이 제일 좋다고 하지만 생활을 한다는 건 언제나 손을 물속에 집어넣는 일과 다름없었다.

　　코로나19 이후 손 소독 및 손 세척이 일상화되면서 핸드크림은 더욱 소중해졌다. 손을 씻을 때마다 핸드크림이 씻겨 내려가니까 핸드크림을 고르는 기준도 더욱 까다로워졌다. 너무 묽으면 보습 효과가 없으므로 적당히 묵직한 크림 제형이어야 하고, 오일리하면 손을 씻을 때마다 손이 미끈거리기 때문에 보습이 지나쳐도 안 됐다. 손을 자주 사용하니까 크림이 손에서 겉돌지 않고 빠르게 흡수되는 것이 좋았다. 기분 전환이 되도록 좋은 향기가 나는 것을 찾아다녔다. 오랜 시간 동안 장미 향이었다가 지금은 네롤리, 흙냄새가 나는 제품으로 바꿨다. 사람들과 모인 자리에서 누군가 핸드크림을 무심하게 꺼내 바를 때 순간적으로 퍼지는 그 향기가 무척 좋았고, 그래서 좋은 향이 나는 핸드크림을 사용하게 됐다. 그러니까 나의 핸드크림은 보습 때문도 있지만 스스로에게 향기를 입히기 위해 사용된다.

나에게는 냄새가 기억의 한 종류로 자리한다. 몇 해 전 연희문학창작촌에 머물 때였다. 한겨울이었다. 나는 어떤 상실감에 휩싸여서 연남동에서 연희동까지 걸었다. 눈이 자주 올 즈음이었다. 눈이 내릴 때는 춥지 않았고 눈을 맞으면 포근했다. 눈을 뽀득뽀득 밟는 것이 좋아서 계속 걸었다. (한겨울의 냄새 같은 것, 냉하고 비릿한 흙냄새 같은 것은 여전히 나를 그날 밤 연희동으로 데려다 놓는다.)

그날은 눈 오는 겨울이었음에도 해가 넘어가는 여름에 아이스크림을 입에 물고 걸었던 일고여덟 살 때의 비릿하고 차가운 바람을 맞던 기분을 강렬하게 떠오르게 했다. 적막하고 스산하고 갑자기 마음 한구석이 철렁해지는 기분으로, 연희동으로 돌아가는 눈 내리는 밤에 갑자기 그날의 여름 냄새가 기억나서 나는 매우 슬퍼졌다.

자주 사용하는 물건인 만큼 핸드크림의 제형이나 향기가 마음에 들지 않으면 나는 쉽게 우울해진다. 반대로 말해 언제 써도 좋은 것 하나쯤을 가까운 곳에 둔다면, 그것은 좋은 향이 나는 촉촉한 핸드크림일 것이다. 언제든 손 뻗는 자리에 놓여 가장 쉽고 빠르게 위로받을 수 있는 것. 그만큼 가장 쉽게 상심할 수 있는 것. 핸드크림을 여러 개 돌려 쓰는 나는 거의 다 쓴 것을 끝까지 쓰지 않고 이리저리 방치한다. 지금 내 책상에는 두 개의 거의 다 쓴 핸드크림이 굴러다닌다. 하나는 1년 전쯤 선물받은 것이고, 다른 하나는 반년 전 가보고 싶었던 숍에 들러 모든 향기를 다 맡아보고 고른 것이다. 첫 번째 핸드크림을 사용할 무렵과, 두 번째 핸드크림을 구매했을 즈음에 나는 무척 들떴다. 그걸 사용할 즈음에 나에겐 어떤 것을 좋아하는 마음이 있었다. 굴러다니는 핸드크림을 짜낼 때 가끔은 그런 마음이나 기분이 그리워진다.

연필과 결혼하지 않은 사람의 자기만의 방

　전에는 책에 밑줄을 그으며 읽지 않았다. 이론서 같은 것을 볼 때에 문장을 집중해서 이해하려고 밑줄을 긋기 시작했는데, 지금은 그저 밑줄을 긋는 기분이 좋아서 그렇게 하고 있다.

　삼면으로 되어 있는 굵은 연필을 가장 좋아한다. 6~7년 전에 오스트리아에 방문하면서 가지게 됐다. 연필이 굵직하고 커다래서 막 써도 금방 닳지 않을 텐데 아껴 쓰게 되어서 아직도 반 넘게 남아 있다. 좋아하는 화가의 작품이 잔뜩 모여 있는 미술관에서 판매하던 것이었다. 연필이 갖고 싶어서 한참 고민하다가 내려놓길 반복하고 있으니까 동행이 사주었다(고 기억한다). 이때 연필을 기념품으로 가졌던 기억이 꽤나 좋아서 어딘가 여행을 가거나 미술관에 가면 연필을 둘러보게 되었고, 이후 카펜터 연필(굴러떨어지지 않게 각진 형태로 만들어진 연필), 나무 없이 흑심으로만 이루어진 연필 같은 것을 갖게 되었다. (카펜터 연필은 구르지 않을 뿐만 아니라 납작해서 밑줄 긋기에 좋아 침대 옆 책 사이에 끼워두고 쓰는 중이고, 흑연 연필은 무겁고 생각보다 필기감이 좋지 못해 어딘가로 사라졌다…….)

가장 좋아하는 삼면 연필은 굴러떨어지지 않는다. 심이 굵어 세밀한 묘사를 하지는 못하지만 큼직한 덩어리를 그리기에 좋고, 무엇보다 종이에 투박하게 연필을 긋는 느낌이 좋다. 필기를 하기에는 적당하지 않아도 종종 책 귀퉁이에 글씨를 쓰기도 한다. 글씨가 뭉개져서 아주 작게는 쓸 수 없다. 촉 굵기에 맞춰 글씨 크기를 키운다. 이런 핑계로 어떤 글씨는 조금 대범해진다.

저 연필을 처음 손에 쥘 무렵 나는 담대해져야만 했다. 사람에게 의존하고 싶었는데 방법을 잘 몰라 스스로도 남도 괴롭게 했다. 나조차도 스스로를 어떻게 하지 못해서 버거웠는데 타인의 기대 속에서 압박받아야 하는 시기는 어째서 그것을 감당하기엔 너무 이른 시점이고야 마는지. 게다가 '젊은 여자'라는 점은 그런 시기에 강렬하게 정체화된다. 취직을 하든지 결혼을 하든지 하라는 건데, 둘 모두 '독립'이라는 이름을 내세우고 있다는 점에서 스물대여섯쯤의 또래들은 느닷없이 결혼을 고민하기 시작했다. 그런 이유로 결혼을 생각해 본 적은 없었지만, 나 또한 사회에서 영향을 받으며 살아가는 인간인지라 알 수 없는 압박 속에 '독립=결혼'이라는 주어진 등식 앞에 전전긍긍했다. 대충 아무나하고라도 결혼해야 하나 싶은 고민은 그때 한 번, 또 스물여덟쯤에 한 번 했는데, 웃기는 건 두 번의 시기가 지나니 또 별달리 그런 생각이 찾아들지 않았다는 거였다. 주변을 보더라도 그즈음에 정말 진지하게 '독립=결혼' '취직 대신 결혼' '휴직=결혼'을 고민하는 친구들이 많았는데, 그 시기가 지나고 나니 언제 그랬냐는 듯이 증발됐다. 그러니까 스물대여섯쯤, 그리고 스물여덟쯤은 분명히 많은 여성들의 생애주기에서 생활 영역이 달라지는 분기점에 해당하는 것 같고, 여러 풍파에 휩쓸릴 수도 있는 시기인 동시에 결혼에 대한 암묵적인 사회의 압박 수준이 가장 높아지는(혹은 학습되는) 시기이기도 하다.

당시 나는 만족할 만큼 안정적인 수입원이 없었음에도 단 몇 년뿐이나마 악착같이 본가에서 나와 사는 것을 선택했다. 압박에서 벗어나기 위해서는 '그냥 혼자 살게요'라는 형태로 자신을 독립시킬 수밖에 없었다. 지지와 지원, 응원 속에서 선택되는 독립과는 다르게, 모종의 사회적 협박 속에서(너 혼자 살 자신 있어? 그렇게 많이 벌어? 그럼 취업을 빨리하든지 안 될 것 같으면 결혼하든지?

근데 너 지금보다 나이 들면 만날 사람도 없어, 어쩌고저쩌고) 그 세간의 모든 기대(요구?)를 등지면서 악바리 쓰게 되는 독립은 좀 힘들긴 했다. 그런 시기에 곁에서 정신적으로 의지가 되었던 사람들이 있었다. 그들은 내게 뭔가 받기를 원하면서 곁을 내어준 것이 아니었는데, 그걸 당장 겪을 때는 그런 지지 속에서도 불안했고, 나중이 되어서야 이걸 어떻게 갚을지 고민했다. 그리고 그것은 내게 베푼 사람에게 '되돌려주어야' 하는 것만이 아니고 다른 누군가에게 내 지지를 드러냄으로써 갚아지는 것이었다.

마침내 조금 더 안정적인 형태로 독립하게 된 지금도, 나는 독립이 요원했던 그 시절부터 사용하던 연필을 쓰고 있다. 연필이 많이 닳지 않은 것은 그 두꺼운 심으로 고작(하지만 대범하게) 책에 밑줄을 긋고 있을 뿐이라서이고, 그사이에 다른 연필들이 생겼기 때문이다. 내가 지닌 연필은 구매한 것 1, 남이 준 것 9의 비율이다. 내가 산 연필은 그마저도 다른 이가 준 연필을 써보고 괜찮아서 다른 종류를 조금 더 구매하게 된 경우라서, 사실상 다른 사람이 준 연필이 전부라고 해도 과언이 아니다.

연필이란 형태로 사람의 마음을 많이 건네받았다. 일반인 대상의 외부 강의를 시작한 지 얼마 되지 않았을 때, 수업을 마치는 날에 종종 손에 선물이 쥐여지곤 했다. 튤립, 드라이플라워, 드립백, 일력, 엽서, 그리고 연필깎이와 연필 몇 자루. 지금도 잘 쓰고 있는 잉크병 모양의 연필깎이와 블랙윙 연필은 그때 받았다. 나름대로 문구류 구경도 좀 하고 관심도 있고 학창 시절에 펜깨나 사봤다고 자부했던 나는 이때를 계기로 연필의 매력에 폭 빠졌다.

그때 받은 블랙윙 연필은 두 자루, 어쩌면 세 자루였는데 연필의 색상마다 흑심의 경도가 달랐다. 회색 연필은 무르기도 색상도 적당해서 제일 오래 사용했다. 일반적인 두께여서 주로 필기하는 데 사용했다. 여태껏 지워질 수도 있다는 이유로 사용하지 않았는데, 자주 사용하는 만년필도 어차피 물에 젖으면 다 번져버린다는 걸 불현듯 떠올리고는 연필로 자주 필기했다. 다이어리를 쓰고 편지를 쓰고 가끔 그림을 그렸다. 그림을 그리면 시간이 잘 가서 좋았다. 너무 뾰족하게 깎은 연필은 종이에 자국을 남기기 때문에 적당히 뭔가를 적는 데 사용했고, 살짝 끝이 뭉툭해지면 그림을 그리는 데 썼다. 날카롭고 뾰족한 표면은 언어를 조밀하게 직조하는 데 좋았고, 살짝 무른 표면은 휘어지는 선을 긋는 데 적당했다.

회색 연필을 몽당연필로 만든 뒤에 새로 뜯은 나무색 블랙윙에서는 나무 냄새가 났다. 어째서 유독 그 연필에서만 나무 향이 짙게 났는지, 겉을 색상으로 코팅하지 않아서일까? 연필을 꺼내고 쥐고 뭔가를 쓸 때마다 올라오는 향이 좋아서 아껴 썼다. 연필 꼭지를 사서 덮어주었고, 전만큼 자주 깎아 날카롭게 만들지 않았다.

두 연필을 사용하는 사이에 블랙윙 한 다스를 받았다. 연필 한 다스가 이렇게 좋은 선물이었나? 초등학교 저학년쯤 흔히 주고받던 캐릭터가 그려진 연필은 어쩐지 주면서도 받으면서도 시큰둥했는데 어른이 되어 받는 연필은 왜 이렇게나 좋은지. 검은색 블랙윙은 4B로, 가장 진하고 가장 무르고 그래서 빨리 닳았다. 열두 자루나 있다고 생각하니 마음이 넉넉해져서 가장 흥청망청 썼다. 자주 뭉툭해지는 연필 덕에 잉크병 모양의 연필깎이를 자주 사용할 수 있었다. (집에 놀러 오는 눈썰미 좋은 이들은, 연필깎이를 모두 신기해했다.) 검은색 블랙윙의 대범한 등장으로 회색 블랙윙에서 나무색 블랙윙으로 갈아타는 데 시간이 걸렸다.

최근에도 연필을 받았다. 한 친구가 어느 행사의 특별한 굿즈로 연필이 있었다면서 한 자루 주었다. 또 다른 친구는 연필을 자주 사용하지 않는다면서 연필을 나눠주었다. 카펜터 연필이었다. 어떤 질감일지 궁금해서 냉큼 한 자루 깎아보았다. 너무 진하지 않고 적당히 단단했다. 두 자루 모두 굵은 연필이어서 책에 밑줄 긋는 용도로 사용하고 있다. 책상에 하나, 거실에 하나, 침실에 하나, 필통에 하나. 밑줄용 굵은 연필이 네 자루나 되어서 모두 더디게 닳을 예정이다.

여름에 친구들과 짧은 프로젝트를 했다. 사람들과 모여 함께 책을 읽는 북클럽이 두 차례 예정되어 있었다.

소소한 물건 사는 것을 좋아하는 한 친구가 연필을 구매해서 같이 읽을 책에 담긴 단어를 각인했다. 오는 분들에 대한 선물이라면서, 나에게도 한 움큼을 주었다. 내 차례의 북클럽 때 그것을 나누어주고, 남은 것은 가지고 있다가 만나는 사람들에게 한 자루씩 주었다. 그러고도 아직한 움큼이 남아서 책상 위 필통에 꽂혀 있다. 이 원고를 보던 옆에 있는 사람이 그중 절반을 달라고 조른다. 지금 내겐 나눠줄 연필이 있다.

스탬프 찍는 기분

스탬프를 선물받았고 스탬프를 샀고 스탬프를 권했으며 스탬프를 선물했다.

걸어가는 여자 모습이 그려진 스탬프를 주었던 이가 캐릭터가 어쩐지 나와 닮지 않았냐고 해서 웃었다. 그런가? 이런 모습으로 여겨지는구나, 나는. 머리를 포니테일로 질끈 묶고 두 팔을 앞뒤로 힘차게 흔들며 걸어가는 모습. 내가 느끼는 내 모습은 그렇지는 않은데. 피곤으로 범벅이 된 얼굴을 숨기려고 하이라이터를 발라 인공광을 내고, 블러셔와 립스틱으로 인공 혈색을 주고, 시종일관 뻑뻑한 눈을 감추기 위해 인공 눈물을 넣고…… 제법 노력하면 어느 정도는 연출되는 생기. 그런 끝에 씩씩하고 건강해 보인다고 하니 안도가 된다. 나는 씩씩해 보이는 구나, 제법 문제없어 보이는구나.

석사 시절에 한 교수가 인사를 하고 지나치는 내게 느닷없이, 예전에는 눈이 좀 더 생기 있었던 것 같은데 요즘에는 좀 덜 그런 것 같다는 뉘앙스의 말을 한 적이 있다. 아마 돌려 말하는 법을 모르는 사람이라(그런 점이 정직했지만) 그렇게 말했겠지만, 그런 사람의 말이라서 더욱 '진짠가?' 하는 마음이 들지 않을 수 없었다. 그러니까, 지금 피곤해 보인다는 말을 돌려 말하는 그런 게 아니고 정말로 좀…… 안광이 달라졌다는 말을 하고 있는 거였다.

한편으로는 의아한 기분이었는데, 교수가 그런 말을 했기 때문이 아니라 그즈음 스스로 정말 '괜찮다'고 생각했기 때문이었다. 쉴 새 없이 나를 지치게 하는 일이 일어났을 때여서 한 며칠만 아무 일이 없어도 나는 '괜찮다'고 생각했다. 하지만 괜찮지 않았나? '눈이 반짝반짝했다'는 말이 새삼스럽게 다가오면서 거울을 들여다봤지만 아무래도 뭐가 달라졌는지 알 수가 없었다. 그날 저녁 교수는 자기 제자와 내가 각별한 친구라는 핑계로 같이 불러다 놓고 고기를 구워줬다.

종종 학생들을 불러다 이것저것 사 먹이는 사람이었기에 그날의 자리도 새삼스럽진 않았지만 구태여 택시를 잡아타고 약간 거리가 있는 곳까지 나가서 맛있는 걸

먹이겠다는 게 좀 별스럽게 느껴졌다. 아무래도 공부하는 사람들이야, 엉덩이 붙이고 앉아 있는 게 일이다 보니까 그랬고, 그가 정말이지 매일같이 나와서 학생보다 늦게 퇴근하는 사람이었기에 더 그랬다.

별로 특별한 이야기를 하지도 않았다. 밥 먹는 동안에는 일 이야기 같은 건 하지도 않았고 교수의 대학생 자녀 근황 이야기 같은 걸 했다. 친구와 나는 그가 구워주는 고기를 열심히 먹었다. 정작 자신은 많이 먹지 않으면서 늘 학생들이 적게 먹는다고 말하는 사람이어서 으레 '잘 먹는 척'이라도 해야만 했다. 그게 나쁘지 않았고, 보통은 '업무의 연장'이거나 '불편한 식사 시간'이기 마련인 교수와의 식사 자리 가운데서도 종종 그와 함께 먹는 밥을 반기던 까닭이었다.

그러다 느닷없이 내게 요즘에 뭐 힘든 일이 있냐고 물었는데, 생전 그런 이야기를 하는 사람이 아니어서 조금 당황했다. 힘든 일? 그런 게 있나? 그때의 나는 그다지 힘든 일이 없다고 생각했다. 거의 매일 힘든 일이 일어났기 때문에 '더 나쁜 일'이 일어나지 않으면 힘들지 않다고 생각했다. 괴로운 일에 잠시라도 머무르지 못할 만큼 일상을 더 바쁘게 만들어버려서 면피하는 건 20대에 만들어진 습관이었다. 훗날 이런 고통을 외면하고 일만 죽도록 한 게 '사는 동안 인상적인 장면 TOP 3' 같은 걸로 남기나 할지, 만약 삶의 명장면으로 기억된다 하더라도 고작 그런 식으로 버티는 게 인생의 전부였다니 하며 통탄해할 거라고 생각하면서도, 바쁜 일로 괴로움을 미뤄두는 습관을 버리지 못했다. 그러고는 계속해서 바쁘지 않다고 느끼고, 쌓인 일을 처리해야 한다는 압박에 시달리면서 의자에 앉아 있고, 그러다가 일을 마치고 나면 엄청난 회의감이 몰려오는 삶을 여전히 살면서.

곰곰 생각해 봐도 도무지 나쁠 일이 뭐가 있을까 싶어서 "글쎄요, 잘 모르겠는데, 아마 없을걸요" 그랬던 것 같다. 그는 더 묻지 않고, 그저 고기를 구우면서 힘든 일이 있으면 이야기하라고 했다. 좀 오래된 기억이라서 정확하진 않다. 약간 다르게 말했을 수도 있는데, 무언가 말하고 싶으면 언제든지 말하라고, 아니면 도움이 필요하면 이야기하라고, 그런 이야기를 무슨 고기 뒤집듯이 무심히 해서 조금 놀랐던 감정만이 남아 있다. 그 이후 그에게 '힘듦'을 말하는 일 따위는 없었고 그도 그 이후로 뭘 더 물어보지 않았다. 그날 식사를 마치고 지나가다 마주치더라도 '요즘 별일 없지?' 같은 이야기는 하지 않았다. 교수와의 대화는 '용건만 간단히'가 주였다. "너 몇 개월 여기서 돈 받으면서 근무 좀 해라." "학술회의에서 너 발표 하나 해라." "이거 학술회의 날까지 제때 완성 못 하면 어떻게 돼요?" "못 하기는, 해야지."

그때의 말이 지금까지 오래도록 나를 지탱해 오고 있다는 사실에 늘 감사해하고 있다.

나는 대체로 괜찮지 않고 어떻게 해야 괜찮아지는지도 잘 모른다. (사실은 너무 잘 알고 있지만 그렇게 '한다'고 해서 괜찮아지지는 않고) 그저 괜찮아 보이도록 만들고 괜찮아질 것이라 믿으면서 마치 기다리면 진짜 괜찮아지는 때가 오기라도 한다는 듯이 군다. 때로는 믿어야만 되는 일도 있는 법이다.

스탬프 찍는 기분을 내가 좋아하는 모든 사람이 알았으면 좋겠다. 꽝 세게 찍을 필요 없이 콜라 캔을 바닥에 내려놓듯 손에 힘을 빼고 종이 위에 톡 찍을 때 가장 잘 찍히는 스탬프. 번지지 않고 고르게 찍으려면 도장을 수직으로 잡고 미세한 힘을 주어야 한다. 그렇지 않으면 캐릭터의 눈이 뭉개지고, 팔이나 다리를 이루는 가느다란 선이 불균질하게 찍힐 수도 있다. 힘을 주는 일보다 힘을 빼는 일이 더 어렵다. 여러 번 하다 보면 힘 빼기를 해내기 위해서 엄청나게 힘주고 있다는 걸 깨닫게 된다.

대체로 모든 일을 열심히 하려다 보니 열심히 하는 게 싫어졌다. 정확히 말하면 잘, 열심히 하려고 하는 일의 결말이 '잘'이나 '열심히'와는 상관없는 우연적인 요소에 의해 더 크게 좌우된다는 것에 굴복하는 게 싫다. 삶은 불공평하고 기회는 공정하지 않다는 게 흰소리가 더는 아니라는 걸 모르지 않는다. (그걸 안다는 사실이 싫다.) 얼마간 결과의 공평함을 위해 기회의 공평함을 고안하자는 쪽으로 사회가 발전해 온 게 아니었나. 이 말은 진의와 무관하게 얼마나 많은 사회적 불공평을 '삶의 진리'로서 일축하는 데 쓰여왔을까.

학계의 많은 인사들은 남녀 불평등에 대해서 공적으로 발화하고 논문도 쓰고 학자로서의 입지를 다져왔을 것이다. 하지만 자신이 특정한 지위에 올라 학생들을 대할 때 '의도와 무관하게 행사하는 특정 태도'가 남녀 학생의 진학률이나 성장에 다른 방식으로 보탬이 된다는 결과에는 선택적으로 무지한 것처럼 보인다. 게다가 연구자 성비와 교원이 되는 연구자의 성비가 차이나는 것에 대해서도[13] 문제의식을 느끼고 있되 '자신을 비롯한 환경의 문제'라고 생각하지 않는 경향이 있는 것 같다. 어디까지나 하나의 사례이겠으나 만약 어떤 연구자가 '잘' '열심히' 했는데도 어떤 지점에 도달하지 못한 이유가 불행히도 자신이 어쩔 수 없는 영역의 차원에서 기회를 잃었기 때문이라면(불행히도 여성이라서, 불행히도 한 인사 관계자와 가깝지 않아서, 불행히도 경쟁자가 남성이라서 등등). 이것 또한 정말로 한 주체의 의지력과 무관한 '삶의 진리', 즉 삶이 원래 공평하지 않아서라고 말할 수 있는 걸

---

13   한 연구에 따르면 "현재 인문사회 분야는 물론 이공 분야와 예체능 분야를 모두 포함한 대학원생 중 여성의 숫자는 남성의 숫자를 웃돌지만, 4년제 대학 전임 교원 중 여성의 비율은 2021년 현재 인문학 34.8%, 사회과학 29.4% 수준으로 대단히 낮다"고 언급된 바 있다. (고현석, "'그 많던 여성 연구자들은 어디로 갔을까?'", 《대학지성》, 2023년 1월 28일.)

까? 이런 말에 어떻게 죄책감을 가지지 않을 수 있는지 의아하다.

개인의 '의지 바깥의 우연과 기회'가 물론 사회제도 차원의 불공정함과 무관할 수도 있다. '운이 없었다'는 말이 아니고서는 설명되기 어려운 경우가 그럴 것이다.[14] (이 또한 때때로 사회적 불공정을 가리는 표현으로 사용된다고 생각하지만) 운이 없어서 노력이 때맞춰 빛을 발하지 못한 경우에 대해서도 빠져나갈 구멍(위안의 말)은 있다. '때'를 못 만났기 때문인 것이다. 사회는 불신하더라도 사주팔자와 유사 과학은 누구 못지않게 즐기는 사람으로서, 누구나 자기 팔자에 맞는 '때'가 있다는 건 꽤 그럴듯한 말 같다. '때'라는 것은 개인의 의지와는 다소 무관하게, '노력'이 적절한 시점에 누군가에 의해 발굴되고 적당한 곳에 쓰임으로써 삶의 전환을 초래하는 시점을 말하는 것일 테니까. (그런데 유독 이런 '때'가 특정 연령, 특정 성별에게 보다 여러 차례 찾아온다는 건 사주팔자랑은 무관

14 한 조사에 따르면 자신의 사회적 성공 여부 요인에서 20대 여자는 '자신의 노력'(71.6%)을 가장 높은 수준으로 응답했다. 그런데 그에 못지 않게, '운'(63.8%), '부모 배경'(63.2%) 등에 대한 응답률 또한 높다는 점이 주목된다. 또한 '외모'에 대한 응답률은 50.8%나 되었다. 분석자는 이를 두고 "20대 여자는 20대 남자나 다른 세대에 비해 성공을 위해 신경 써야 할 요인이 다양하고 복합적이라고 느낀다"고 분석한 바 있다. 이는 '20대'라는 세대적 정체성에 따른 결과라 볼 수도 있지만, 사회의 젠더 차별에 대한 문제의식이 전면화된 시점에 존재했으나 묵인되어 왔던 것이 수면 위로 올라옴에 따라 '발견된' 것은 아닐까? (천관율·정한울, 《20대 남자: 남성 마이너리티 자의식의 탄생》(시사IN북), 2019년.)

하지 않나 싶고.) 하지만 '때'라는 것도 '잘'과 '열심히'가 여전히 지속되는 순간에 맞이할 수 있어야 의미가 있다.

상시 '잘' '열심히' 한다는 게 얼마나 어려운 건지 알고나 하는 말인지. 게다가(!) 상시 '잘' '열심히' 했는데 그놈의 '때'가 "좀 늦습니다" 하는 바람에 매번 계속 열심히 한다는 게 가능하기나 한 말이라고 생각하는지. '능력주의 인간'을 만들어내는 데 활용되는 강력한 신자유주의적 이데올로기는 '언제나 유능한 인간'으로서 성실한 삶을 유지하게 하는 의외의 성과가 있다. 한편 그것은 그러므로 '때'를 만날 때까지('때'라는 것도 신자유주의 체제가 널 인정할 때까지라는 매우 가당찮은 기준이고) 자발적 인간 착취 상태에 자신을 몰아넣게 하는 치명적인 착취 구조를 발생시키고 유지시킨다.

추상적인 예까지 갈 것도 없이, 나는 내가 여성이면서 글 쓰는 사람이고, 여성이면서 선생이고, 여성이면서 대학원생이라는 사실을 암묵적으로 전제하는 별소리를 다 들어봤다(그런 말을 하는 그들에겐 '악의가 없었을' 그러나 듣는 입장에서는 김빠지는). 성과에 대한 평가의 정당성 문제까지 갈 것도 없이 애초에 성과라는 것 자체도 듣기 전까지는 전혀 몰랐기에 기특하게 여긴다든지(그냥 여자 작가, 여자 선생, 여자 학생의 성취가 그들의 관심사가 아니라 그런 거였겠지만). 인정하는 척하면서 멀쩡히 제 갈 길 잘 가던 내 머리채를 잡는 듯한 언사를 굳이 내게 내뱉는 그런 경우들. 정말이지 여성은 화낼 권리가 있고, 그 여파가 일회적이지 않아서 지금 이렇게 구조에 대한 회의적인 글을 쓰고 있는 것이다…….

'잘' '열심히' 했는데 우연히 기회가 좋지 못해서 결과물이 빛을 발하지 못한다는 말은, 누군가는 '잘' '열심히' '우연히' 좋은 기회도 가진다는 뜻. '우연한' 일은 노력으로 접근할 수 있는 것이 아니라 별수 없이 받아들이는 수밖에 없다. 순응하거나 포기하거나 굴복하거나. 이 받아들임이 '수용'으로 번역될 수도 있다. 한데 그러려면 구조적 불평등, 억압, 폭력이라는 외압적 요소가 완전하게 제거되어야 한다. 외부 조건에 의해서가 아니라 스스로 납득 가능한 수준에서(그러니까 굴복하지 않고) 그것을 받아들이는 것이 수용이기 때문이다.

아니면 그냥 뭐 "이번에는 좀 운이 없었네" 하고 어떻게든 다스리고 시간이 흐르도록 두면 그만일 문제일 수도 있다. 그러나 이러한 태도는 그때그때 자신의 상황에 대해서 선택되고 결정되는 것일지언정, 어떤 진실을 밝혀내고 갈구해 낼 수는 없다. 이를테면 대부분의 '무기명' 평가에서는 높은 확률로 좋은 성과를 얻었지만, 젊은 여성이자 젊은 여학생이자 젊은 여작가이자 젊은 여선생이자, 그냥 내가 좀 더 구체적인 '나'임을 드러내는 일에서 업무 성과율이 유의미하게 비교된다면, 이것도 '운'에 불과한 일이라고 말할 수 있을까?

때로는 지금 내가 당착한 이 국면에 대해서 크게 상심하지 않기 위해 어떠한 태도를 '결정'하는 것을 택한다. 잘못된 결정일지라도, 뭐든 결정하고 나면 현재의 문제는 다른 국면으로 넘어간다고 하니까. 노력 이외에 놓여 있는 '삶의 불공평' 같은 우연과 기회와 하여튼 그런 것들이 꽤 많은 지분을 차지하고 있으며 그것이 일의 성패를 좌우한다는 걸 받아들이기 (하지만 도대체 어떻게?). 아무튼 일단 인정하기. 이런 거구나, 삶이 불공평하다는 것은, 하고 (일단) 넘어가기.

노력 이외의 요소가 이다지도 크게 개입한다고 생각하니까 모든 일에 열과 성을 쏟고 싶지 않아졌다. '열심히'는 '잘'과 얼마간 무관하다. 내가 열심히 하지 않는다는 게 반드시 '잘하지 못함'으로 나타나지는 않는다. 단지 너무 진심을 다하지 않고, 마음을 너무 많이 쏟지 않고, 너무 많이 이 행위를 신뢰하지 않고, '이것을 함'에 대단한 의미를 부여하지 않는 것. '열심히'를 관두는 것은 결과물의 성취 수준보다는 개인의 자긍심이 완전히 소실되지 않게 만드는 최후의 유보책인지도 모른다.

윤성희의 소설 〈오늘도 만우절〉에는 죽을 뻔한 사고를 겪고 기사회생한 남동생이, 그 사건을 변곡점으로 무슨 일을 할 때 낼 수 있는 힘의 반도 쓰지 않는다는 구절이 있다. 그런데도 일이 적당히 돌아가는 걸 보면 화자는 그것이 신기하고 부럽고 또 질투가 나지 않을 수 없다고.

'적당히' 산다는 게 얼마간 일반적인 일이고, 또 한편으로는 소설이라서 가능한 일이라고 여기면서도 나는 이 말을 좀 더 힘주어 기억한다. 쓸 수 있는 힘의 반도 쓰지 않으면서 일을 해도 일이 굴러간다는 말로 이 장면을 다시 해석한다. 온 힘을 다하는 것이 늘 최선이자 최고이지 않을 수 있고 자긍심을 지키는 일조차도 아닐 수 있다는 것. 내가 가치 있다고 여기는 어떤 부분이 손상되지 않도록 기껍고 필요한 일을 하되 '온 힘을 다해 열심히' 하는(해야만 하는) 것과 구분해 내는 것. 그리고 여남은 것은 전부 외적 요소가 알아서 판단하도록 맡겨버리는 것. 나는 내가 쓸 수 있는 힘의 반 정도만 쓰면서 어떤 일에 임할 수 있을까. 나는 도장을 잘 찍기 위해서 힘을 빼는 일에도 이처럼 열과 성을 다하려고 하는데.

스탬프를 한번 찍었는데 그게 좀 망했으면 옆에 또 찍으면 된다. 보통 한 번에 잘 찍히는 경우는 좀처럼 없다. 또 스탬프의 크기와 색상, 디자인에 따라서 손아귀에 들어가는 힘이 다르다. 스탬프 찍는 맛에 도취된 나는 미피 스탬프 두 개, 산리오 캐릭터 스탬프 6구짜리 하나, 핑크색 우드스톡 스탬프 하나를 더 샀다. 운동의 종류에 따라, 작업의 종류에 따라 찍는 스탬프를 정해놓고 거의 매일매일 찍는다(거의 맨날 뭐든 하나는 하니까. 하다못해 쉬는 일에조차 찍을 수 있는 스탬프가 있다). 망하면 그냥 두 번 찍는다. 오늘 뭐 살아 있는 것도 힘들었는데 도장 한 번 잘못 찍은 걸로 아쉬워하지 말고 그냥 두 번 찍은 걸로 치는 셈.

스탬프를 가지고 다니면 솔직히 자랑하지 않을 수가 없다. 내가 이렇게 귀여운 걸 가지고 매일매일 찍고, 그리고 당장 나를 만나고 있는 당신의 노트 또는 손등에도 이걸 찍어줄 수 있다는 걸 숨겨야 할 이유가 없다. 친구는 내가 자랑한 도장을 몇 번 찍어보더니 피카츄, 스누피 스탬프를 샀고, 선물을 좀체 잘 고르지 못하는 나는 최근에 도장만큼 다정한 건 없어, 라는 혼자만의 소소한 믿음으로 누군가에게 6구짜리 스탬프를 선물했다.

어쩌면 '잘'과 '열심히'의 정반대 편에 있는 것 같은 스탬프. 힘을 빼고, 노력하려는 마음을 내려놓고, 이것을 찍고 찍은 것을 보는 행위의 즉각적인 행복만이 있는.

고통을 발견할 줄 아는 눈이 세상을 더 나아지게
하지는 않을지라도

　프루스트에 대해서는 아는 바가 많지 않다. 그런데
바로 그 모름 때문에 나는 프루스트를 사랑한다. 좋은 작
품을 읽어도 작가가 어떤 사람인지 좀체 궁금해지지 않
는, 더불어 작품이 좋을수록 작가라는 사람을 그다지 알
고 싶지 않은 내게, 프루스트만은 달랐다. 도대체 어떤 사
람이기에 이토록 섬세한 슬픔의 서정적 결들을 지니고
있는 것인지. 번역이라는 장치를 뛰어넘어 느껴지는 감
정의 미세한 떨림들이 좋았고 비극적이었다. 정확하게는
내가 이런 종류의 문장을 읽고 비극이 전염될 수 있는 사
람이라는 점을 마주하는 상황에서 느끼는 당혹스러움과,
때맞춰 찾아오는 우울한 적요감이 내가 느끼는 것의 정

체일지도 모른다. 나는 프루스트에 대해서 잘 모르기 때문에 그의 문장에 속절없이 빠져든다. 나는 그의 작품 세계를 잘 모르기 때문에 그저 그 문장을 사랑할 수 있다.

⚐

자신이 좋은 사람이 되면 주변에 좋은 사람이 많이 생긴다는 말은 반은 맞지만 반이나 틀린 말이다. 공교롭게도 그런 말을 건넨 사람 또한 '좋은 사람'이라는 말에 자신이 더 취해 있는 경우가 많았다. '좋은 사람'이라 자인하지 않는 경우, 좋은 사람이 아니라는 이유를 대면서 (그래서 관계를 단절한다고 말하면서) 떠나갔으므로, 이 말은 틀림없다. 혹은 맞지 않아도 별 상관이 없는데, 다만 그 말이 지닌 격려의 의미를 모르지 않되 사로잡힐 필요는 없다는 거다. 이런 말을 심상하게 건네 들을 때야말로 그런 말에 사로잡히기 쉬운 상태이기 때문이다.

⚐

남의 슬픔을 헤아릴 수 있는 사람에게 경탄한다. 모든 슬픔이 자신의 감정을 정당화하기 위해 바쳐지지 않아야 함을 알며, 그의 슬픔을 헤아리지 못하는 자신에게서 또 다른 슬픔을 발견할지언정, 남의 슬픔을 남의 슬픔

그대로 슬퍼할 수 있는 사람. 그러나 그런 이를 대면하는 이는 알지 못할 것이다. 그가 보이는 '동감'이 자신을 끊임없이 되새기는 채가 아니라 오롯이 관계 자체에서 헤아려지는 감정임을. 타인의 것을 그의 방식으로 크게 슬퍼하되 당신과 자신의 것 가운데 어떤 슬픔도 견주지 않으려는 데서 오는 슬픔임을.

당신은 알 것이다. 당신이 누군가로부터 마음 깊이 고통을 느끼고 슬픔을 느끼는 것은 당신이 그러한 것을 느낄 줄 아는 사람이기 때문임을. 그것은 정령의 선물과 같이 타고난 성정 때문에, 또 얼마간은 '좋은 사람이 되려는' 끈질긴 자신과의 대결 속에서 얻어진 것임을. 그래서 당신은 알 것이다. 당신이 타인의 슬픔을 느낄 줄 안다는 사실이 타인에게 가닿지 않을 것임을. 그는 당신이 그것을 느낄 수 있는 사람임을 발견할 수 없을 것임을. 그것이 어떤 것을 느끼고 헤아리고 발견할 줄 아는 감각을 가진 이가 가진 비극이자 슬픔임을.

‡

프루스트의 소설 가운데 다른 이의 슬픔을 헤아릴 줄 아는 성정을 선물로 준 정령의 이야기가 있다. 그 선물은 커다란 축복인데 그것이 축복임을 알지 못하는 이들의 틈바구니에서 축복은 선택받은 자의 불행이자 비극이 될 것이라 예언된다. 누구도 정령의 축복을 받은 그 사람만큼 다른 이를 헤아릴 수 없을 것이며, 그러므로 축복받은 이의 슬픔을 감히 헤아릴 자도 없다. 자신은 보고 느낄 수 있으나 다른 이로부터 헤아려지지 못하는 슬픔 때문에 그는 영영 눈물 흘릴 것이다……. 그러나 정령은 그에게 그것만을 예지하지 않는다. 그가 가지게 될 이해받지 못할 감정에 대한 감식안이 그에게 가져다줄 불행이 어떤 것인지 예지한다. 프루스트는 그것에 대해 이렇게 쓰고 있다.

✝

　나는 아직 생겨나지 않은, 하지만 이해받지 못한 너의 슬픔과 인정받지 못한 너의 애정에서, 그리고 네 몸의 고통에서 태어나게 될 목소리다. 내가 너를 네 운명에서 풀어줄 수는 없지만, 그 대신 그 운명에 내 신성한 향기가 스며들게 해주마. (…) 그러고 나면 눈물로 흠뻑 젖은 네 마음속에, 마치 4월의 비가 내리고 나면 곧 제비꽃으로 덮이는 들판처럼, 체념이 꽃을 피우게 되겠지. 너의 애정을, 누군가와 그것을 나눌 수 있으리라는 기대를 버리렴. 너의 애정은 너무도 희귀하단다. 그러니 그 애정을 숭배하는 법을 배우렴. 되돌려받으리라 기대할 수 없는 것을 주는 일은 쓰라리

지만 감미롭기도 하단다. 설령 사람들이 너에게 다정
하지 않아도 네가 남을 다정하게 대할 기회가 자주 올
테니, 오직 너만이 가능한 자비를 지녔다는 자부심으
로, 고통받는 사람들의 지친 발에 그 미지의 향기를
뿌려주렴.[15]

✝

"오직 너만이 가능한 자비를 지녔다는 자부심으로".
이 한 문장은 영원히 뇌리에 남는다. 자신의 고통을 제대
로 볼 수 있는 자가 타인의 고통 또한 제대로 볼 수 있다.
자신의 미덕을 제대로 볼 수 있는 자가 타인의 미덕 또한
볼 수 있다. 오직 내가 그것을 지녔기에, 타인의 그것 또
한 헤아릴 수 있음에 비로소 마주할 수 있는 환희, 그리고
그에 대한 자부심으로.

✝

선생이 되어야겠다고 작정한 적은 없지만 준비되고
인지하지 못한 사이에 나는 선생이 되어 있었다. 선생은
지식을 전달하려는 목적을 가진 상황에서조차 오직 지식

15   마르셀 프루스트, 〈요정들의 선물〉, 《알 수 없는 발신자》(뤼크 프
레스 해제, 윤진 옮김, 문학동네), 2022년, 143~145쪽.

만을 전달하는 자가 아니라는 것은 수많은 선생들이 내게 가르친 것이다. 그들은 가르친 적 없겠지만. 그렇기 때문에 나는 내가 가르친 적 없지만 가르친 것에 대해서 의식한다. 나와의 관계 속에서 내가 전달한 것 이상을 발견해 가는 이들의 시계視界 속에서 떳떳하기 위해서 나는 무엇을 해야 하는가. 내가 무엇을 하거나 하지 않음으로써 그들에게 더 나은 존재로 다가가지 않는다는 것을 안다. 그들이 나를 통해 보는 '좋은' 면모란, 이미 그들이 갖추고 있는 것이다. 그것을 발견할 줄 아는 그들의 시선에, 그것을 발견할 수 있을 만큼 사람을 살펴볼 줄 아는 그들의 호기심에, 그들의 용기에 빚진 것이다. 만약 내가, 그리고 당신이 좋은 사람이라면 그것은 자신에 의해서 그렇게 되는 것만은 아니다.

만약 누군가와 관계함으로써 어떤 성찰을 얻었거나 좋음을 경험할 수 있었다면 이미 그것을 보는 그 자신 내부에 기댄 결과일 것이다. 이미 알고 있는 것을 경험한 것이라고. 나는 이러한 나의 마음을 전달하는 것으로부터 타인의 감식안과 나의 가치 둘 중 어느 것도 견주지 않는다. 이것을 드러내는 것이 나, 그것을 발견하는 것이 당신이다.

다른 사람을 헤아릴 줄 안다는 말은 무엇을 의미하는가. 결코 이해받지 못할 어떤 것에 뛰어드는 용기를 일컫는 것이리라. 누구나 그것 앞에서 주저한다. 당신이 누군가를 이해하기 위해 고통받고 있다면 당신은 용기 있는 자다. 세상의 좋은 면을, 사람의 좋은 면을, 하지만 때로 아주 싫은 점을, 고칠 수도 없어서 다만 덩그러니 그것을 견뎌야만 함을, 시시때때로 찾아오는 무력감에도 불구하고 감히 타인의 고통을 이해하려는, 당신의 그런 애씀에 그 누구도 답하지 않을 것이다(프루스트의 정령의 목소리로). 모르는 채 살아가는 것보다 발견할 줄 알고 느낄 줄 알면서 살아가는 것이, 결코 더 행복하지는 않을 것이다. 다른 이는 모를 것이며, 누군가를 이해하려고 하는 만큼 당신이 이해받지 못할 것이기 때문이다. 당신의 감식안은 상대를 더 나은 존재로 만들지 않을 것이며 당신에게 전능감을 주지도 않을 것이다. 다만, 타인의 얼굴을 통해 자신을 알아보는 잠깐의 마주침은 우리가 우리 자신으로서 '알아볼 수 있게 된 것'을 잠시나마 빛나게 할 뿐이다.

웃기지 않아서 웃지 않음

발행일 2024년 10월 30일 초판 1쇄

지은이 선우은실
편집 이해임·김준섭·최은지
디자인 박서우
제작 영신사

펴낸곳 인다
펴낸이 김현우
등록 제2017-000046호. 2015년 3월 11일
주소 (04035) 서울 마포구 양화로 11길 68, 다솜빌딩 2층
전화 02-6494-2001
팩스 0303-3442-0305
홈페이지 itta.co.kr
이메일 itta@itta.co.kr

ISBN 979-11-93240-53-3 03810

* 이 책은 경기도, 경기문화재단의 지원을 받아 발간되었습니다.